Italian Easy Reader: Lettere dal buio

di
Elvio Bongorino
Germano Dalcielo

Copyright 2014 ©Germano Dalcielo. Tutti i diritti riservati.
Immagine di copertina ©Markus Lovadina.
http://www.malosart.blogspot.it/

Mors tua vita mea

«Sveglia, dormiglioni! Forza!» urlò ai due ragazzi battendo le mani ritmicamente.

Aleister sussultò contro lo schienale di metallo della sedia, strizzando gli occhi più volte alla luce accecante del neon a pochi centimetri dalla sua testa: «Ma che cazzo…?» balbettò storcendo la bocca in una smorfia di disgusto. Riuscì a mettere a fuoco la figura in bretelle consumate e pantaloni alla zuava che aveva parlato e gli sciorinò addosso un secco: «E tu chi diavolo sei?». Istintivamente si sporse in avanti ma le braccia, molli e penzoloni lungo i fianchi, non rispondevano ai comandi. Spiazzato provò ad alzarsi in piedi, ma anche le gambe non davano segni di vita. «Perché non riesco a muovermi, cosa mi è successo?»

Seduto davanti a lui sulla stessa linea del pavimento, Stuart era ancora alle prese con le nebbie da dipanare e riuscì a borbottare solamente: «Ma che ore sono? Non mi sento tanto bene...» aggiunse sbrodolandosi addosso un po' di saliva. «E voi chi siete?»

«Oh, ben svegliati, ragazzi! – riattaccò lo sconosciuto girando attorno alle loro sedie - Abbiamo poco tempo e devo darvi subito una brutta notizia: *uno di voi deve morire*. Lo so, lo so, che volete farci? – finse di schermirsi stringendosi nelle spalle, coi palmi delle mani alzati - questioni di contabilità!»

«Come, scusa?»

«Cos'è, uno scherzo? - intervenne Aleister provando a divincolarsi - Mi hai drogato per caso?»

«Però non voglio essere io a decidere chi dei due uccidere – riprese l'uomo come se niente fosse - Vi lascio soli una mezz'oretta a pensare a una serie di motivi per cui dovreste vivere, e chi sarà più originale e convincente vince, ok?»

«Cosaaa?» fece Stuart in leggero falsetto, strabuzzando gli occhi.

«Ah, dimenticavo... fossi in voi non sprecherei i prossimi trenta minuti a tentare di scappare. A più tardi, bambocci!» concluse arricciando il naso soddisfatto e facendo schioccare le bretelle. Un attimo dopo l'uomo sparì dietro una piccola porta antipanico in fondo alla stanza.

«Ok, *guys*, bello scherzetto, adesso però venite fuori, forza!» urlò Aleister senza perdere la calma.

«Ma con chi ce l'hai?» gli chiese Stuart con la voce spezzata dalla palpitazione.

«È uno scherzo dei miei amici del college, no?!»

«Se lo fosse, cosa c'entrerei io? Vado ancora al liceo, idiota!» lo insultò l'altro.

«Ma vaffanculo!»

Entrambi fissarono la porta per alcuni secondi, in attesa. Dall'esterno non provenivano rumori né tantomeno voci o risatine trattenute. Aleister deglutì un paio di volte, la salivazione fuori controllo non era di per sé un buon segno.

«Oh no...» ruppe il silenzio Stuart.

«Che c'è?»

«Su internet c'era scritto.»

«Cosa?»

«Usano una nuova tecnica nei sequestri di persona: rapiscono due ostaggi alla volta, ne ammazzano uno così la famiglia dell'altro paga il riscatto senza battere ciglio. Non è possibile...»

«Ma non dire cazzate!»

«Non hai sentito quello che ha detto? Vuole ucciderne uno, ci ha immobilizzati, questioni di contabilità... tutto torna!»

«È impossibile, i miei genitori non sono ricchi...» sentenziò Aleister deciso, dando un'occhiata in giro e dietro di sé da sopra la spalla.

Si trovavano seduti ciascuno su una piccola botola circolare in rilievo sul pavimento. Stuart provò a spostarsi con un colpo del bacino ma la sedia non si mosse di un centimetro. Le mattonelle alle pareti, bianche e asettiche, arrivavano fino ad altezza uomo e nell'angolo in penombra si intravedeva un lunghissimo lavello di acciaio. Tutta la stanza era disseminata di tubi di scarico e tombini di scolo.

«Sembra un mattatoio.»

«O una specie di cella frigorifera.»

«Sei sicuro?» domandò Aleister cominciando ad abbracciare lo scenario paventato dal compagno.

«Non lo so, spero tanto di essermi sbagliato. Magari è davvero uno scherzo.»

«O peggio ancora siamo finiti in uno *snuff movie*...»

«Non vedo telecamere da nessuna parte, però.» obiettò l'altro.

Rimasero di nuovo in silenzio per alcuni secondi. Si sentiva soltanto il tonfo ovattato delle gocce che cadevano dalla fontana nel lavello.

«Come ti chiami?»

«Stuart. Tu?»

«Aleister. Aleister Huskin.»

Adesso erano i battiti del cuore, martellanti fin nelle orecchie, a coprire ogni altro rumore.

«Ho paura, non voglio morire – crollò Stuart singhiozzando - Come si fa in mezz'ora a trovare dei motivi convincenti per non farsi ammazzare?»

«Non lo so...»

Il neon sopra le loro teste cominciò a ronzare e un attimo dopo uno dei led si spense, per poi riaccendersi a intermittenza.

«A cosa stai pensando?»

«A come diavolo ha fatto a rapirmi» rispose Aleister aggrottando la fronte. «Mi ricordo che ero alla festa di iniziazione degli OmegaTau, nella sala della confraternita: avevo appena superato la prova d'ingresso, tracannando birra direttamente dal tubo di gomma senza riprendere fiato. Stavo tornando a casa in macchina, ho acceso lo stereo a palla e poi ... ho un vuoto. Deve avermi sorpreso alle spalle, il bastardo, forse si è nascosto sui sedili posteriori.»

«Hai ragione, non c'avevo pensato! L'ultima cosa che ricordo io è che ero al lago George con la mia famiglia, stavo facendo il bagno, mia madre prendeva il sole e mio padre pescava. Poi niente. Sono sicuro che ero in costume: perché abbiamo addosso questa canotta bianca?»

«Che ne so... fa freddo qui dentro... oh, ci senti? – urlò l'altro col naso per aria – portaci dei vestiti, pervertito del cazzo!»

In quello stesso istante la porta antipanico si spalancò verso l'interno e l'uomo che li teneva in ostaggio fece il suo ritorno nella stanza con una scivolata teatrale sul pavimento. Si bloccò in mezzo ai ragazzi giocherellando con le bretelle, poi prese a passeggiare avanti e indietro con le braccia conserte e alla fine spezzò quel silenzio surreale con un semplice: «Allora, avete pensato abbastanza?»

«È già passata mezzora? È impossibile!» protestò Aleister.

«Il tempo è relativo, ragazzo, come *la vita umana...*» gli rispose ammiccando.

«Aspetta, aspetta, ti prego, non farlo – lo implorò Stuart – siamo solo dei ragazzini!»

«Te l'ho già spiegato, giovanotto, *questioni di contabilità.*»

«Se è solo una questione di soldi, allora chiedi prima il riscatto a entrambe le fami...»

«È più complicato di quanto pensi, figliolo, non insistere.» lo interruppe l'uomo.

«Sei un bastardo!» lo insultò Aleister.

«Me lo dicono in tanti...» fece spallucce lui. «Bando alle ciance, sta scadendo il tempo, ditemi almeno un paio di motivi a testa per cui meritereste di vivere: convincetemi, su!»

«Non puoi dire sul serio, ho solo diciassette anni, cazzo!»

«Tic tac, tic tac! Comincia tu, Aleister...» lo esortò tirando fuori dal taschino del gilet una clessidra in miniatura. «Un minuto da adesso, via!»

«Cosa? Aspetta, aspetta... e va bene... voglio vivere perché... sì, ecco, voglio cambiare questo schifo di società, rendere il mondo un posto migliore... lasciare il segno, insomma. Mi iscriverò a scienze politiche e mi candiderò alle elezioni: la gente si ricorderà di me come di uno che ha fatto la storia. Non è giusto che muoia adesso, ok?, ho un sacco di progetti per il futuro! Uccidi *lui*...» concluse Aleister senza farsi tanti scrupoli.

«Bene, bene, senza peli sulla lingua, mi piace! Tocca a te, Stuart... Stuart?»

Il ragazzo teneva la testa bassa, imbarazzato. Sentiva la bocca impastata come gli succedeva a scuola quando non trovava le parole e finiva per balbettare. Si inumidì le labbra e tenendo sempre gli occhi fissi sulle ginocchia, parlò con un filo di voce:

«Non sono riuscito a pensare a un solo motivo per cui dovresti scegliere me. Non ho piani per il futuro, non so nemmeno cosa voglio fare da grande. I miei genitori mi hanno programmato per filo e per segno gli ultimi sedici anni della mia vita: scuole private, conservatorio, equitazione, golf... senza mai chiedermi cosa volevo davvero o se ero felice. Per cosa dovrei vivere? Per diventare primo violino all'orchestra di New York? Essere il più giovane cavaliere a vincere la gara di salto ostacoli? O magari per la coppa interregionale al master di golf? *Pfff!* - sbuffò Stuart disgustato - nessuno di questi mi sembra un motivo convincente per salvare me e ammazzare lui. Uccidi *me…*»

«Oh oh oh, questa proprio non me l'aspettavo! Meglio così, mi rendi le cose più facili – confessò il rapitore, tirando fuori da un'altra tasca una specie di telecomando con due grossi tasti rossi per azionare l'apertura delle botole a distanza. «Ci siamo allora!» annunciò trionfante senza mettere tempo in mezzo.

Stuart chiuse gli occhi aspettando che spingesse il bottone facendolo sprofondare nel pozzo sottostante. Sentì improvvisamente l'adrenalina risvegliargli ogni muscolo e inondargli ogni fibra del corpo come una scarica elettrica, ma qualcosa, una specie di forza impalpabile ed eterea, lo immobilizzava ancora. Aleister gongolava in preda all'euforia e parlava da solo, ripetendo a fil di labbra: "Sì, cazzo, sono salvo, sono salvo".

«*And the winner is…*» recitò l'uomo sollevando il telecomando come fosse un trofeo.

«Nooooo!»

A quell'urlo disumano Stuart riaprì gli occhi di scatto: la sedia di Aleister non c'era più. Il neon illuminava a malapena le pareti laterali di un quadrato nero nel pavimento, là dove un attimo prima c'era la botola. La profondità del pozzo si intuiva dalla lunghezza agghiacciante dell'eco che non accennava a spegnersi.

«Perché? Perché hai ucciso lui, ti avevo detto di prendere me! – gli urlò addosso col petto che sobbalzava – Bastardo! Era solo un ragazzo!»

«Diciamo che mi piace la musica classica e non la politica.» replicò l'uomo senza battere ciglio. «Adesso vai, ti resta pochissimo tempo.»

«Cosa?»

«Ho detto vai, sei libero, non fartelo ripetere due volte.»

«Ma...»

«Muoviti, la porta è quella. Sbrigati, prima che ci ripensi.»

«Ma il riscatto, i soldi... ti ho visto in faccia, come puoi lasciarmi andare sapendo che ti arresteranno?»

«Oh, ragazzo, quella è l'ultima cosa che mi preoccupa: *tanto non ti crederebbero*! Allora, devo prenderti a calci nel culo per farti uscire di qui?»

Stuart si alzò in piedi in equilibrio precario e si avviò più in fretta che poté verso la porta antipanico. «Per quello che può valere... grazie.»

Spinse la maniglia verso il basso e una luce accecante lo investì in pieno viso.

*Presbyterian Hospital,
New York, NY*

«Fibrillazione ventricolare, non c'è polso. Saturazione in calo!» annunciò l'infermiera Anderson alla dottoressa Farming, di turno quel pomeriggio al pronto soccorso.

«Da quanto tempo non c'è attività cardiaca?» chiese lei.

«Almeno venti minuti.» rispose sconsolata la caposala mentre continuava a premere l'*ambu* per pompare ossigeno nella trachea del paziente.

«Quanto a lungo è rimasto sott'acqua?» domandò la dottoressa alla madre del ragazzo, ferma sulla soglia della sala d'emergenza con le mani sulle labbra.

«Non lo so… l'ho perso di vista un attimo e mi sono avvicinata al bagnasciuga per chiamarlo. Ho visto delle bollicine al largo e mi sono tuffata immediatamente… gli ho fatto la respirazione bocca a bocca, ma non ha mai riaperto gli occhi… oddio la prego, lo salvi, la scongiuro!»

«E durante il trasporto in ambulanza ha mai ripreso conoscenza?»

«I paramedici hanno detto di no.» rispose l'infermiera.

«Proviamo un'ultima volta, dategli un altro milligrammo di adrenalina e caricate le piastre a 300! Libera!» urlò la dottoressa per assicurarsi che il campo operatorio fosse sgombro. Diede la scossa col defibrillatore sui pettorali del paziente e si voltò verso il monitor: la linea dell'elettrocardiogramma rimase piatta.

«Carica a 360!»

Fissò di nuovo il display con le piastre a mezz'aria, perché l'infermiera ci versasse sopra dell'altro gel conduttivo, quando dall'angolo sinistro dell'apparecchio spuntò un flebile, timido picco triangolare. Poi un altro. E un altro ancora.

«Lo abbiamo ripreso! – urlò soddisfatta - Somministrate un milligrammo di dopamina e monitorate l'ossigeno. Aggiornatemi ogni quindici minuti.» ordinò precipitandosi a salvare altre vite nella sala accanto.

La madre del ragazzo chiese impaziente alla caposala se poteva avvicinarsi. La donna acconsentì raccomandandole di non affaticarlo troppo e li lasciò soli.

«Stuart, amore mio! Sono la mamma, mi senti? Riesci a parlare?»

Il figlio aprì gli occhi lentamente, si portò una mano alla bocca e scostò leggermente la mascherina per l'ossigeno.

«Mamma...»

«Sì, tesoro, sono qui! Sei andato sotto e hai bevuto, ti ricordi? Siamo in vacanza al lago... mi hai fatto spaventare!»

«Mamma.»

«Sì, caro, dimmi!»

«*A Dio piace la musica…*»

«Sì, sì, adesso però riposati, vedrai che starai meglio, non sforzar…»

«No, non hai capito, mamma – la interruppe Stuart senza smettere di sorridere – ho visto Dio, c'ho parlato, è lui che mi ha rimandato indietro. Ero morto, vero? Quanto tempo sono rimasto morto?»

«Non lo so, tesoro, ma adesso sei qui con me, andrà tutto bene. Io vado a parlare con la dottoressa, ci vediamo di sopra, ok?» finse di sorridere di incoraggiamento sua madre, preoccupata invece che la privazione di ossigeno gli avesse inficiato le funzionalità cerebrali.

«Gli piace la musica – ripeteva intanto suo figlio, ridendo nervosamente mentre ripercorreva nella mente tutta la scena – e porta le bretelle!» esclamò col petto che sobbalzava a ogni colpo di tosse. «Che figlio di puttana!»

«Oddio… dottoressa! Dottoressa!» urlava sgomenta la donna, uscendo di corsa dalla sala d'emergenza del pronto soccorso.

Il quotidiano locale, il mattino dopo, riportò la notizia della tragica morte di un ragazzo di diciassette anni, vittima di uno scontro frontale in automobile per guida in stato di ebbrezza. I soccorritori accorsi sul luogo dell'incidente avevano tentato la rianimazione artificiale e il massaggio cardiaco, ma il giovane purtroppo era deceduto durante il trasporto in ospedale.

Stuart Accleston è diventato il più giovane primo violino alla Philharmonic Orchestra di New York.

Periodicamente si reca al cimitero di Green-Wood per far visita alla tomba di Aleister Huskin.

Il rasoio di Occam

1. Il fatto

«Eravamo seduti tutti e quattro attorno al fuoco - esordì Brian Atwood al banco dei testimoni durante la prima udienza del processo – lì sulla spiaggia di Santa Monica. Lontano dal molo ovviamente, per non farci beccare dalla polizia. L'idea era di creare l'atmosfera giusta e convincere Christine e Taylor a fare sesso: abbiamo pensato "perché no? Accendiamo un falò, beviamo un paio di birre e magari…" Io e Zachary le avevamo rimorchiate alla festa di quella sera, ma facevano le difficili e si tiravano indietro se cercavamo di baciarle. A un certo punto eravamo a corto di argomenti - sa com'è? - non siamo certo due che vogliono parlare... Si stava creando un po' di imbarazzo e allora Christine ha proposto una specie di gioco: "Ognuno di noi dice ad alta voce il suo segreto più torbido, anche una cosa di cui semplicemente si vergogna o non ha mai confessato a nessuno. Votiamo quello più sfigato e chi perde torna giù alla festa a comprare altre birre: ci state?" Abbiamo accettato subito, visto che... come dire... le ragazze non volevano passare al sodo, e Christine ha raccontato di aver superato l'esame della patente senza neanche aver aperto il libro dei quiz, grazie a un "aiutino" dell'istruttore. Taylor ha confessato di aver rubato un top in un negozio di Versace su Sunset Boulevard e dopo ha preso la parola Zach, già alla sua terza birra: "Quando cinque anni fa sono andato a comprare un po' di coca giù a Tijuana, in Messico, ho investito una ragazza che faceva jogging e sono scappato via. Mi sono distratto solo un attimo, cazzo, mi erano cadute le sigarette sotto il sedile. Non so nemmeno se è morta sul colpo!" è scoppiato a ridere tracannando ancora dalla bottiglia. Siamo rimasti lì impalati, eravamo tutti senza parole: doveva essere un passatempo, un modo per conoscerci sdrammatizzando, non immaginavamo certo che saltasse fuori una storia del genere.

"Stai scherzando o dici sul serio? - gli ha chiesto Christine - non hai nemmeno chiamato il 911?" Zachary era ubriaco, non si rendeva conto di quello che diceva, ha risposto che "quella troia" gli aveva ammaccato il cofano della macchina e aveva dovuto rimborsare anche i danni al noleggio auto.

"Sei un assassino!" gli ha urlato lei, alzandosi in piedi.

"Dove stai andando?"

"Alla polizia, hai confessato un omicidio di fronte a tre persone."

"No, oh! Vieni qui, stavamo solo giocando – si è giustificato lui scattando in piedi a sua volta e correndole dietro – Al diavolo, scherzavo! Era un modo come un altro per fare colpo, dai, fermati!" L'ha presa per un braccio, lei si è divincolata e ha cominciato a urlare di non toccarla; Taylor le è corsa vicino, minacciandolo di stare alla larga e di non seguirle, e alla fine mi sono alzato anch'io per bloccare Zach che continuava a pregarla di non denunciarlo per una cosa inventata. L'ho portato via, verso la moto parcheggiata un miglio più a nord, sparire era la cosa più sensata da fare dopo la cazzata che aveva sparato. Non gli ho chiesto nemmeno se fosse vero o no, mi sembrava assurdo, ho pensato solo che fosse sotto l'effetto dell'alcool. Sono tornato a casa mia e da quel momento non l'ho più visto. Solo la mattina dopo ho riconosciuto la foto di Christine al notiziario delle 13.00: dicevano che era stata trovata morta nella sua casa di Pasadena quella mattina alle nove, con segni di strangolamento sul collo. Ho chiamato subito Zachary ma il telefono era staccato, lo avevano già arrestato per omicidio di secondo grado. Sono risaliti a lui in un attimo per i precedenti di droga, appena Taylor ha fatto il suo nome alla polizia.»

2. La difesa

L'avvocato Jonathan Riley aspettava che il teste finisse di raccontare la sua versione di quella tragica sera, camminando avanti e indietro con le braccia conserte per l'enorme aula del tribunale di Los Angeles.

«Signor Atwood - attaccò sganciandosi il primo bottone della giacca di tweed e infilando entrambe le mani in tasca – lei sa dove viveva la signorina Christine Remington?»

«Al notiziario hanno detto che abitava a Pasadena, in un appartamentino vicino al circolo di tennis.» rispose Bryan mettendosi a sedere meglio, per niente a suo agio.

«E saprà anche che il coroner ha fissato con sufficiente precisione l'ora del decesso tra le 2.30 e le 3.00 del mattino - o meglio di quella stessa notte!» puntualizzò l'avvocato gesticolando.

«Sì, ho letto i giornali.» annuì il giovane.

«Mi dica, signor Atwood, a che ora ha visto Christine allontanarsi infuriata dal luogo del falò a Santa Monica?»

«Poco prima dell'una e mezza.»

«Quindi all'una e venti-venticinque circa lei vede la vittima ritornare a piedi verso la festa in spiaggia, ma noi sappiamo che la signorina Taylor Adler, l'ultima ad averla vista viva, l'ha lasciata sotto casa a Pasadena alle due e dieci, due e un quarto, dopo averla convinta a lasciar cadere la cosa e a non sporgere denuncia contro l'imputato. Un'ora dopo al massimo - sostiene il medico legale - la signorina Christine era già morta. Adesso le chiedo: secondo lei il mio assistito, Zachary Quilmes, può aver seguito le due ragazze con la moto senza farsi vedere, aver aspettato che la Adler se ne andasse per salire in casa della ragazza e soffocarla per paura che lo denunciasse alla polizia?»

Bryan non rispose e abbassò lo sguardo come per prendere tempo.

«Le ricordo che è sotto giuramento, signor At...»

«È possibile. Sì.» ammise Bryan, nonostante l'amicizia decennale che lo legava a Zachary.

«E se invece le dicessi che il signor Quilmes alle 2.52 di quella stessa notte si trovava di fronte a un distributore automatico a venticinque miglia di distanza dal luogo dell'omicidio?» annunciò trionfante Riley accendendo un LCD a trentadue pollici al centro dell'aula. «Vostro Onore, la difesa presenta come prova il video della telecamera di sicurezza dell'Automatic Free-Shop di Bel Air Road, in cui si vede il mio cliente sostare per almeno cinque minuti a prelevare da bere.» continuò con fare solenne mentre le immagini scorrevano sullo schermo, mostrando Quilmes che armeggiava con un erogatore di bevande. «È possibile, signor Atwood, essere alle 2.30 a Pasadena a uccidere una povera ragazza e in soli ventidue minuti trovarsi già a Bel Air, a venticinque miglia, rilassato e tranquillo a bere birra? Non sono molto ferrato in matematica, ma i miei consulenti mi riferiscono che l'imputato avrebbe dovuto volare letteralmente a 130 miglia orarie, senza frenare o fermarsi a un semaforo rosso o rallentare in curva. Anche perché se stai tornando dall'aver ucciso qualcuno, non prendi l'autostrada, giusto? Così come non le sembra assurdo che Christine abbia fatto entrare in casa il mio cliente dopo averci litigato appena due ore prima, una persona che considerava un assassino, un pirata della strada? Eppure la scientifica ha appurato che non ci sono segni di effrazione a porte e finestre, quindi la vittima ha aperto la porta e accolto il suo aggressore. Bizzarro anche questo, non trova? Non è stata rinvenuta la minima traccia di DNA di Zachary Quilmes in tutto il monolocale di Pasadena – non parlo ovviamente di quello che è stato trovato addosso alla ragazza, se pensiamo che due ore prima il mio cliente l'aveva toccata, abbracciata e corteggiata: allora le chiedo, signor Atwood - e la prego di rispondere rivolgendosi direttamente ai signori della giuria - secondo lei il mio assistito può materialmente e fisicamente aver ucciso la signorina Remington?»

«Se in quel momento si trovava a Bel Air, no, non può essere stato lui.» convenne Bryan, guardando verso i giurati.

«Vostro Onore, chiedo che il video venga messo ufficialmente agli atti e refertato, dimodoché i colleghi dell'accusa possano visionarlo e verificarne l'attendibilità. Non ho altre domande.» concluse soddisfatto Jonathan Riley, gonfiandosi nel doppio petto.

3. L'accusa

L'assistente del procuratore distrettuale Anthony De Vito si alzò in piedi schiarendosi la gola. Chiese al giudice di potersi avvicinare allo scranno e lo pregò di accordare una sospensione dell'udienza: quel video spuntato fuori dal nulla faceva crollare tutto il suo impianto accusatorio. Aveva bisogno di tempo per riordinare le idee.

Zachary Quilmes aveva il movente – l'impeto rabbioso di chiudere per sempre la bocca a chi poteva farlo finire in prigione per la vita – ma anche un alibi di ferro, a quanto pareva. Sapeva già che il suo staff non avrebbe trovato nessun appiglio o incongruenza nel filmato che la difesa aveva presentato. Non sperava certo di scovare immagini in *loop* o sovraimpresse sulla pellicola: conosceva il collega dai tempi del college ed era certo che quello fosse il suo asso nella manica. Inattaccabile.

Durante l'ora in cui il processo venne sospeso, visionò personalmente il video in una stanza dotata delle apparecchiature necessarie, messa a disposizione degli avvocati dal tribunale di Los Angeles: l'uomo che alle 2.52 prelevava da bere dal distributore automatico di Bel Air era proprio l'imputato, non c'erano dubbi. Ma allora chi poteva aver ucciso la ragazza? Tony De Vito doveva inventarsi una strategia d'attacco in soli quarantacinque minuti.

Eppure non riusciva ad abbracciare tanto facilmente l'idea che Quilmes fosse innocente. Gli era sembrato sin da subito un caso lampante, semplice, una vittoria sul velluto: questo fino a pochi minuti prima. Christine non aveva nemici né ex fidanzati gelosi. No, De Vito ne era sicuro: quello era ancora il *suo* uomo.

Ma cazzo, nessuno ha il dono dell'ubiquità. A meno che…

«Vostro Onore, l'accusa chiama a testimoniare Zachary Alejandro Quilmes» annunciò alla ripresa dell'udienza con tono deciso.

Il giovane, vestito con un completo di lino troppo stretto per la sua stazza muscolosa, si alzò e si diresse al banco dei testimoni senza tradire nessuna emozione sul viso. I capelli biondi erano impomatati con gel scadente e un principio di barba incolta tradiva i giorni passati in carcere.

«Signor Quilmes, ha ucciso lei la signorina Remington?»

«Obiezione, Vostro Onore! È inaccettabile!» protestò immediatamente l'avvocato Riley scattando in piedi.

«Va bene, va bene, ritiro la domanda – si affrettò a dire De Vito, accompagnando le parole con un gesto di scusa - Vedrò di formularla diversamente: *chi ha incaricato al suo posto di ucciderla?*»

«Obiezione!» urlò di nuovo sdegnato il collega della difesa.

«Avvocato, questo è il primo e ultimo avvertimento, poi la condannerò per oltraggio alla corte, sono stato abbastanza chiaro?» intervenne il giudice Thompson, squadrandolo con gli occhiali in bilico sulla punta del naso.

«Mi scusi, Vostro Onore, non accadrà più - finse di schermirsi l'avvocato - Procedo con le altre domande. Come mai si trovava nel quartiere di Bel Air a quell'ora di notte? So che lei vive a Muscle Beach, non mi dica che per un paio di birre si fa la bellezza di quindici miglia… E Bel Air non si trova nemmeno di strada venendo dal parcheggio di Santa Monica dove vi siete lasciati lei e il Signor Atwood!»

«Come faccio a ricordarmi? Sono passati più di tre mesi – rispose l'altro con un'alzata di spalle – forse c'era un'altra festa nei paraggi o avrò rimorchiato una tipa di quella zona...» concluse con spocchia, arcuando ad effetto le sopracciglia.

«Mmm... queste ragazze, signor Quilmes, la fanno dannare, non è vero?»

«E questo che diavolo vorrebbe dire?»

«Vediamo... "ottobre 2001: accusa di molestie sessuali ai danni di una studentessa della UCLA": le si accende qualche lampadina?»

«Sono stato assolto, si era inventata tutto.»

«Mmm... interessante... "Marzo 2003, denuncia per maltrattamenti e abusi sulla sua fidanzata dell'epoca, Maureen Sheldon": anche lei raccontava bugie?»

«Mi affondava le unghie in faccia e nella schiena e io mi difendevo...» rispose Quilmes stravaccato sulla sedia come se fosse al cinema.

«Obiezione!» scattò di nuovo in piedi l'avvocato Riley. «Che cosa c'entra? È irrilevante ai fini del caso!»

«Accolta! – sentenziò il giudice – Avvocato, dove vuole andare a parare?»

«Arrivo subito al punto, Vostro Onore: che cosa provava per la vittima, signor Quilmes?»

«Niente, volevo farmi solo una scopata.»

«Non provava niente: quindi non le è dispiaciuto che sia morta una povera ragazza di ventidue anni, giusto?»

«Non ho detto questo, non...»

«Come non dev'esserle dispiaciuto quando ha investito e lasciato agonizzante sulla strada quella *jogger* messicana, o sbaglio?»

«Quello non è mai successo, me l'ero inventato per...»

«Non ha chiamato i soccorsi, signor Quilmes, perché se la ragazza si fosse salvata, lei sarebbe finito in prigione. Se avesse parlato, lei non avrebbe più potuto godere della bella vita, della libertà, del lusso. Quella donna costituiva una minaccia, così come lo era Christine Remington: ecco perché *doveva morire*. Non avrà voluto sentire ragioni, era una giovane donna con profondi principi morali che voleva giustizia per una sua coetanea. Ma questo a costo della sua libertà e del suo stile di vita, signor Quilmes, non è così? Le piace quella sensazione di potere sulle donne, vero, *Zachary*? Chissà che rapporto aveva con sua madre da piccolo, eh? Ho provato a farla venire a testimoniare, ma mi ha risposto che *ha paura*... Uuh, forse questo c'entra qualcosa finalmente: "chiamata al 911 da parte di Eloisia Quilmes, agosto 1999, lividi e percosse"...»

«Vaffanculo, stronzo, t'ammazzo!» urlò fuori di sé il ragazzo, scavalcando il banco dei testimoni e lanciandosi contro de Vito. La guardia giurata intervenne tempestivamente placcandolo e bloccandogli le mani dietro la schiena. Su ordine del giudice venne scortato nella cella dietro l'aula del tribunale con le manette ai polsi, senza che smettesse per un attimo di inveire contro l'avvocato.

«Silenzio! Ordine o faccio sgombrare l'aula!» si sforzava di mantenere il controllo Thompson.

Anthony De Vito sorrise sornione mentre riprendeva il suo posto alla scrivania. Aveva ottenuto appieno il suo scopo: mettere una minuscola pulce nell'orecchio di ognuno dei dodici giurati.

4. La sentenza

I due avvocati pronunciarono ciascuno un'arringa di una quarantina di minuti: da una parte Riley insistette sulla debolezza delle prove circostanziali e sul ragionevole dubbio che il suo cliente avesse potuto commettere l'omicidio in quella tempistica minutaria; dall'altra De Vito puntò sull'evidente grave problema dell'*anger management* da parte dell'imputato e sul fatto che Christine Remington non aveva nemici né storie di violenza pregressa.

Dopo cinque giorni i loro telefoni cellulari squillarono contemporaneamente.

«L'imputato si alzi in piedi per favore. Signor portavoce, avete raggiunto un verdetto?» chiese il giudice Thompson all'uomo seduto in prima fila in giuria.

«Sì, Vostro Onore - rispose quest'ultimo alzandosi in piedi - Giudichiamo l'imputato, Zachary Quilmes... non colpevole per l'accusa di omicidio di secondo grado!»

L'avvocato De Vito chiuse gli occhi, trattenendo il respiro per alcuni secondi. Sentì il pomo d'Adamo pesante come un macigno quando deglutì, come il rospo che era costretto a ingoiare con quella assurda sentenza. Si riscosse, raccolse tutte le sue carte e la ventiquattrore e si avviò verso l'uscita senza proferire parola al suo staff né scambiare con loro un'occhiata o una stretta di mano. In undici anni di carriera aveva sempre assicurato i colpevoli alla giustizia e quella era la prima volta in cui falliva. Perché Anthony De Vito *sapeva*, dentro di sé, che Zachary Quilmes aveva ucciso Christine Remington. Il suo istinto non sbagliava. Il suo sesto senso glielo confermava.

«Avvocato!» si sentì chiamare sugli ultimi gradini della scalinata del tribunale, mentre attendeva la sua limousine. Si girò su se stesso, stupefatto che *quella* voce avesse il coraggio di rivolgergli la parola. «Benedetta tecnologia, eh? – ironizzò Quilmes avvicinandosi – se non fosse stato per quella telecamera sarei finito in galera ingiustamente... Per un attimo ha pensato di vincere, vero? C'è mancato poco, si può dire che mi sono salvato sul filo del rasoio... eh sì, proprio un *rasoio di Occam*, avvocato!» concluse ammiccando e allontanandosi verso i giornalisti che lo aspettavano.

De Vito rimase immobile, seguendolo con lo sguardo. Che diavolo significava quella frase? E l'occhiolino, poi? Aveva capito bene, aveva detto "rasoio di Occam"?

Ma certo, pensò tra sé ricordando quel principio metodologico letto sui libri del college: tra varie soluzioni, è ragionevole scegliere la più semplice e plausibile, non servono ipotesi aggiuntive quando quelle iniziali sono sufficienti.

Quilmes gli aveva lanciato un messaggio, un ultimo affronto. Un contentino per l'avvocato uscito sconfitto, una sorta di pacca sulla spalla per confermargli che aveva ragione nonostante avesse perso: sì, Zachary Quilmes era l'assassino. Se non era stato l'esecutore materiale dell'omicidio, ne era sicuramente il mandante. Anthony De Vito aveva visto giusto anche in quella circostanza.

Tre giorni dopo

Nel suo ufficio all'ultimo piano del grattacielo più alto di Los Angeles, l'assistente del procuratore distrettuale stava archiviando i file e i documenti del caso Quilmes. Nel liberare la scrivania dalle scartoffie, si ritrovò tra le mani un CD-ROM con un post-it giallo appiccicato sopra alla bell'e meglio, su cui riconobbe immediatamente la calligrafia del suo segretario personale: *"video sicurezza Free-Shop Bel Air Road, zoom 200%"*.

De Vito non avrebbe saputo dire da quanti giorni fosse lì sotto quel cd. Lo infilò per curiosità nel computer e aspettò il caricamento del programma di lettura. Dopo pochi secondi stava guardando l'arrivo di Zachary Quilmes di fronte al distributore automatico la notte del 19 maggio alle 2.52, come era evidenziato in sovrimpressione nell'angolo in basso a destra dello schermo: si vedeva il giovane infilare gli spiccioli, alzare gli occhi verso la telecamera e infine aspettare l'erogazione della bibita. Nell'attesa si sgranchiva il collo, spostando la testa prima su una spalla poi sull'altra, per poi sparire definitivamente dall'inquadratura.

L'avvocato si rizzò meglio a sedere e schiacciò il tasto del lettore multimediale per tornare indietro con le immagini: aveva notato qualcosa, ma voleva esserne sicuro. Bloccò col mouse il momento in cui il giovane si stirava il collo verso destra e spuntò l'opzione "a tutto schermo" sul computer.

Fu a quel punto che la vide: da sotto il colletto largo della t-shirt spuntava la raggiera di un sole, una specie di tribale tatuato sul muscolo della scapola. De Vito corrugò la fronte, solcata da una piccola vena bluastra che sembrava pulsare del dubbio lacerante che si stava improvvisamente facendo strada nella sua mente.

Si alzò e prese a frugare forsennatamente nella ventiquattrore, nei documenti, nei cassetti: ricordava di aver avuto tra le mani le foto segnaletiche che il ragazzo aveva fatto al momento dell'arresto la mattina di quel 19 maggio, poche ore dopo l'omicidio. *Quelle di profilo…*

«Eccoti qui!» esclamò in preda all'adrenalina nel silenzio tombale dell'ufficio insonorizzato.

Zachary Quilmes era stato arrestato in canottiera e pinocchietto. Il collo abbronzato e muscoloso era completamente esposto e visibile, privo di qualsiasi disegno, macchia, livido o voglia genetica. Un tatuaggio non poteva essere sparito come per incanto tra le 2.52 e le 11.00 di quella stessa mattina.

Anthony De Vito sussultò, lo sguardo fisso davanti a sé, le braccia inerti lungo i fianchi. La foto gli scivolò via tra le dita finendo a terra sul pavimento.

Il rasoio di Occam: la soluzione spesso è quella più semplice.

Nessuno ha il dono dell'ubiquità.

Zachary Quilmes aveva un fratello gemello.
Un alibi di ferro.

Ore 2.41
19 maggio 2010

«Pronto?»

«Xander, mi senti? Sono Zachary. Ho fatto un casino, cazzo, mi devi aiutare!»

«Zach? Coglione, cosa vuoi? Ti avevo detto di chiamarmi solo quando sarebbe arrivata la "neve"!»

«No, non è per quello, mi serve il tuo aiuto, fratello, l'ho combinata grossa stavolta. Una puttana non la smetteva di urlare e ho stretto troppo attorno al collo, ma non volevo, cazzo, dovevo solo spaventarla!»

«Di cosa diavolo stai parlando? Hai fatto fuori una *chica*?»

«Sì, ma non l'ho fatto apposta! Non voglio passare la vita in galera, Xander, aiutami!»

«Ma da dove stai chiamando? Non starai usando il cellulare?»

«No, sono appena uscito da Pasadena e mi sono fermato a una cabina a gettoni sulla strada… Mi devi un favore, fratello, ricordi? Ti ho salvato io il culo quando hai ammazzato quella a Tijuana, ti ho fatto entrare io negli Stati Uni…»

«Cosa vuoi, stronzo?» lo interruppe immediatamente l'altro.

«Devi uscire, farti vedere in qualche bar affollato, trova qualche festa e fai qualcosa di vistoso. La gente si deve ricordare che eri lì a quest'ora precisa, ma devi farlo immediatamente sennò i tempi non combaceranno. Muoviti! Fai un gestaccio alla telecamera di un incrocio, di una stazione di servizio, basta che ti fai vedere bene in faccia, capito? Sbrigati, Xander, ho i minuti contati...»

«Dopo questo siamo pari, chiaro? Ti salvo il culo anch'io e non ti devo più niente, capito?»

«Sì, fratello, sicuro.»

«Scendo a comprare le birre ché le ho finite, digli che ti trovavi al self-service su Bel Air Road. Ci metto dieci minuti.»

«Sì, perfetto, cazzo, sei un grande, graz...»

«Vaffanculo, non mi cercare più, ciao.»

Xander Quilmes – Wayne Finley per il registro anagrafico degli Stati Uniti – interruppe bruscamente la conversazione, premendo il tasto rosso sulla tastiera del telefonino *usa e getta* che aveva appena comprato la settimana prima. Si infilò una maglietta, prese alcune monete sulla mensola dell'entrata e uscì di casa, diretto verso i distributori automatici distanti tre isolati. Con nonchalance staccò la batteria dal cellulare, la calpestò due volte col tacco senza dare nell'occhio e la lasciò cadere in un tombino.

Mi devi i due dollari che c'erano di credito, fratello... pensò tra sé, accelerando il passo.

5. Epilogo

Dopo la riapertura del caso, la guardia costiera americana è riuscita a individuare Zachary Quilmes solo due mesi più tardi, a bordo di uno yacht al largo del porto di Miami. L'arresto non è stato possibile in quanto l'FBI non ha giurisdizione in acque internazionali. È stato tenuto d'occhio nell'attesa che commettesse un errore o una virata sbagliata che lo riportasse entro le duecento miglia nautiche, ma a tutt'oggi gira il mondo in barca in piena libertà.

La posizione di Xander Quilmes/Wayne Finley rimane invece del tutto sconosciuta.

Pianerottolo dantesco

Sono due mesi ormai che non faccio altro. Non dormo, non mangio, non esco, non mi rado. Spio e basta. E il problema è che mi piace. Mi piace da matti.

È successo un giorno, per caso. Ho sentito un rumore molesto, come qualcuno che stesse colpendo ripetutamente il battiscopa del pianerottolo e sono andato allo spioncino a vedere cosa diavolo stesse succedendo, dalla porta del mio appartamento di Soho qui a New York.

Oggi sono giusto cinque mesi che ci vivo da solo. Non ne potevo più di stare dai miei genitori – un'ossessiva compulsiva appiccicosa e un ubriacone che non fa altro che scorreggiare e poltrire tutto il giorno – così, compiuti i ventinove anni, mi sono deciso a cercare un monolocale tutto per me, possibilmente arredato e a un prezzo abbordabile. Col lavoro di centralinista alla *Fulltilt* non potevo certo permettermi un affitto in pieno centro.

Alla fine ho trovato una stanza in questo gigantesco palazzo di sedici piani su Canal Street, in un quartiere, purtroppo, che definire residenziale è fargli un complimento. Settecento dollari mi sono sembrati un prezzo ragionevole, dopo aver girato mezza città e aver sentito cifre che non scendevano mai sotto i mille. E poi, a dir la verità, questa minuscola stanzetta di trentadue metri quadri mi è subito piaciuta: un angolo cottura minimalista in legno di ciliegio azzurrino lungo la parete di fronte all'entrata, con un bel tavolino a penisola decisamente funzionale alle schifezze mordi e fuggi che ormai mangio da anni; un divano letto al centro, un portariviste e un carrellino portaoggetti sui lati e di fronte un armadio-libreria, un bel mobile pragmatico che mescola scaffali e mensole per la "zona giorno" e ante, pannelli e cassettoni per la "zona notte"; infine il bagnetto di due metri per due, corredato addirittura di minilavatrice.

Ma torniamo a noi: quando l'agente immobiliare mi ha fatto vedere l'appartamento, ho subito sentito uno strano formicolio allo stomaco, quel gorgoglio particolare che non è fame o brontolio di succhi gastrici, ma eccitazione pura, adrenalina che scorre per l'ebbrezza della novità e del cambio di vita drastico che stai per compiere.

Quella stanza era a mia esatta dimensione e doveva essere mia. Ho accettato l'offerta, pagato due mesi di affitto anticipato e dopo una decina di giorni mi ci sono sistemato definitivamente.

I primi due mesi mi sentivo un pascià: rientravo la sera alle sei dal lavoro in ufficio, passavo da MacDonald a comprare due alette di pollo e un hamburger, mi spaparanzavo sul divano e guardavo due puntate di fila di *CSI Miami*. Ero così stanco che non aprivo nemmeno il divano-letto, crollavo addormentato il più delle volte dimenticando la TV accesa e la mattina mi risvegliavo ancora con le mani unte e i cartoni delle patatine tra capo e collo.

Vivere da soli all'inizio è eccitante perché puoi fare quello che vuoi: musica a palla, puoi girare nudo per casa o farti le seghe senza che tua madre piombi in camera all'improvviso, lavi i piatti quando ti pare, guardi la TV fino a tardi la notte senza che tuo padre ti dica che la prossima bolletta della luce la paghi tu. Dopo le prime settimane però l'eccitazione della novità svanisce e subentra la routine della quotidianità, meccanica nella sua noia intrinseca e soporifera per l'assuefazione che comporta. Mi viene in mente quel film di Charlie Chaplin in cui lui fa l'operaio in una fabbrica e la sera, quando torna a casa a piedi, ripete a vuoto nell'aria i movimenti meccanici del suo turno di lavoro alla macchina della catena di montaggio.

L'alienazione sociale ha fagocitato anche me dopo un paio di mesi. Le mie giornate erano tutte uguali: la mattina mi alzavo, facevo colazione, mi vestivo in fretta e furia, correvo a prendere la metro, scendevo alla fermata di Avenue Street, salivo al quarto piano, mi sedevo, infilavo le cuffie e rispondevo alle lamentele e alle richieste dei clienti della compagnia. A mezzogiorno e mezza avevo un'ora di pausa pranzo: scendevo alla caffetteria del primo piano per comprare un tramezzino e un caffè, uscivo sul piazzale antistante per fumare un paio di *Winston blue* e facevo finta di annuire alle domande di qualche collega che mi chiedeva se quell'anno i Knicks avrebbero raggiunto i play off. L'ora passava in un attimo, risalivo in ufficio, mi rimettevo le cuffie e sciorinavo le solite frasi cordiali e automatizzate ai clienti. Alle 17.00 finalmente uscivo e mi fiondavo a casa con la metro.

Questa era la mia tabella di marcia ogni santo giorno. Tranne la domenica, che passavo a dormire la maggior parte del tempo. Una sera, arrivato a casa, mi butto sul divano a corpo morto affondando la testa nel cuscino e immediatamente sento il padiglione auricolare destro farmi un male cane: *avevo ancora le cuffie del call center addosso*. Per tutto il tragitto in metro non mi ero accorto di non averle tolte, uscendo dall'ufficio. Mi sono alzato di scatto scaraventandole contro il muro: ero diventato Charlie Chaplin. Ero il robotino della Fulltilt, dannazione. L'alienazione, la globalizzazione, il consumismo avevano intrappolato anche me nel loro ingranaggio perverso.

No, non ci stavo, grazie. Il giorno dopo non sono andato a lavorare, ho chiamato fingendomi malato. Dovevo riflettere. Avevo bisogno di riappropriarmi di me stesso, di riprendere il controllo.

I'm in charge, I'm in charge… mi ripetevo nella testa per convincermi.

Sono rimasto fuori casa tutto il giorno, non mi importava se il medico della visita fiscale non mi avrebbe trovato a letto malato, tanto l'intenzione era di mollarlo quel lavoro di merda. Sono andato a fare shopping, al cinema, a un appuntamento al buio rimediato su internet e a Madison Square Garden a vedere un concerto live. Mi sono divertito sul serio, ho fatto quello che mi passava per la testa senza tabelle di marcia da dover rispettare, senza imposizioni di orari o obiettivi da raggiungere per forza, senza sentirmi mai nemmeno per un attimo privato della mia libertà. Alla fine verso le sette sono rientrato a casa, ho mangiato due schifezze e son crollato sul divano mentre Horatio Cane stava ancora cercando di arrestare l'assassino. All'inizio non mi sono reso conto che in realtà, sotto sotto, non era cambiato niente: è vero che uscivo e facevo quello che volevo, mi divertivo e mi godevo la vita, ma quando sarebbero finiti i soldi cos'avrei fatto? Mi ero licenziato e la liquidazione non mi spettava, quindi avevo solamente i rimasugli degli unici due stipendi che avevo incassato al call center. Quanto sarebbe durata la pacchia, con duemila dollari scarsi?

Il sesto giorno non avevo più un centesimo: per riempire il vuoto mi sono dato allo shopping compulsivo e alle cene nei ristoranti di un certo livello. Mi sono chiuso in casa a guardare dodici puntate di fila di CSI per non dover affrontare la realtà. Il settimo giorno non sapevo cosa fare: uscire non potevo, non avendo un dollaro, e di stare in casa non mi andava, ridotta una topaia com'era.

Così, quando ho sentito quello strano rumore, come di un battiscopa preso a calci, mi sono diretto verso lo spioncino e ho dato un'occhiata. Sul pianerottolo del mio piano - il nono - si affacciavano altri cinque appartamenti, al centro il vano ascensore e su ogni lato la tromba delle scale. Il rumore che mi aveva incuriosito era provocato dalla signorina dell'interno 11 che continuava a battere contro il battiscopa con la punta della scarpa per ingannare l'attesa. Aveva una quarantina d'anni, formosa nel suo tailleur color malva, tutta perfettina coi capelli raccolti in uno chignon e una decina di braccialetti ai polsi. A vederla fremere così impaziente, si sarebbe detto che avesse l'appuntamento o il colloquio della vita. Non la conoscevo sinceramente, da quando vivevo lì non l'avevo mai incrociata, vuoi per il mio caratteraccio asociale vuoi perché nessuno dei miei dirimpettai era mai venuto a darmi il benvenuto. Mi faceva ridere con le smorfie e gli sbuffi che faceva mentre i numeri dei piani scattavano sul display e l'ascensore saliva lentissimo; a un certo punto, quando finalmente si sono spalancate le porte, guardandosi prima attorno per vedere che non ci fosse nessuno, si è infilata la mano destra nel sedere per sfilarsi le mutande – o il perizoma – da dentro le chiappe. Soddisfatta, ha sorriso ed è sparita nel vano ascensore.

Anch'io mi sono messo a ridere divertito staccandomi dallo spioncino, al pensiero che è proprio vero che le apparenze ingannano. Stavo lavando i piatti nel lavello dove ormai avevano preso residenza fissa una decina di moscerini, quando ho sentito di nuovo il suono tipico che emette l'ascensore nel momento in cui arriva al piano e così sono corso allo spioncino per ridare un'occhiata. Stavolta era il pensionato dell'appartamento centrale, il 14, sacco dell'immondizia in mano, berretto teso calcato sulla testa e gilet da pescatore che a malapena si chiudeva sul pancione prominente. Mentre si aprivano le porte, ha alzato su la gamba destra in posa statuaria e tirato un peto che ha rimbombato per tutto l'androne e la tromba delle scale. Io son scoppiato a ridere, tappandomi la bocca appena in tempo per non farmi sentire, ma lui sorrideva compiaciuto trotterellando impettito dentro la cabina.

Non volevo crederci. Dove diavolo ero capitato?

Ancora incredulo, mi sono messo a rilavare qualche piatto, ma dopo un quarto d'ora mi son ritrovato di nuovo attaccato allo spioncino. Sul pianerottolo c'era il ragazzetto dell'interno 13 che verosimilmente stava tornando da scuola, non saprei dire con certezza se da quelle elementari o le medie, dall'aspetto non riuscivo a decifrarlo. Era abbastanza basso, la schiena curva sotto uno zaino stracolmo di libri, un paio di jeans coi risvolti doppi sulle caviglie e due scarpe da trekking piuttosto logore. Lo vedo che esita davanti all'ascensore che si chiudeva dietro di lui, sfilandosi i guanti con finta lentezza. In un batter d'occhio si mette un dito nel naso, appiccica l'ammasso informe di muco sul bottone di chiamata e scappa verso la sua porta, schiacciando forsennatamente il campanello fino a che qualcuno non gli aprisse.

Non volevo credere ai miei occhi. Ma che gente erano i miei vicini di casa? Possibile che l'unico dotato di un briciolo di educazione e decenza fossi io? Devo ammettere però che mi stavo divertendo da matti.

Un'ora dopo fu la volta della "fattucchiera" dell'interno 15: questa bizzarra signora sulla sessantina, capelli canuti arruffati e elettrici e un nasone dal setto deviato, non usciva mai di casa prima di essersi munita preventivamente di un barattolo di sale grosso da cucina. Si piazzava sulla soglia e cominciava a buttare il sale a manciate, a destra e a sinistra, sullo zerbino e sulle mattonelle di marmo della porta. Non riuscivo da dietro lo spioncino a leggerle il labiale, ma sono sicuro che stesse recitando qualche strano rituale per scacciare fantomatiche influenze negative. Dopo un paio di minuti, chiamava l'ascensore e spariva per andare probabilmente a qualche ritrovo di streghe, o Dio solo sa dove.

I giorni successivi correvo allo spioncino al minimo rumore. Una mattina c'era la donna delle pulizie che strusciava il mocio con svogliatezza per il pianerottolo. Ogni tanto si bloccava, si soffiava il naso e riponeva il fazzolettino nel grembiule che aveva attorno alla vita. Mi ha fatto un'enorme tenerezza, mi sembrava una che avesse appena subito una delusione amorosa. La sua nemesi invece era il troione dell'interno 16: in tre mesi l'ho sempre beccata tutte le volte che si intrufolava in casa dell'avvocato del numero 12, appena la moglie usciva per andare a lavorare. Rimanevo attaccato allo spioncino a sbirciare, curioso di vedere quando sarebbe sgattaiolata fuori e dopo quaranta minuti buoni rispuntava sempre soddisfatta e con un sorriso a trentadue denti.

Avevo dei vicini di casa veramente malsani e fuori di testa.

Intanto i giorni passavano e spiare era diventato il mio pane quotidiano, il mio riempitivo, la compensazione al mio vuoto esistenziale. Non mi rendevo nemmeno conto che avevo fatto tanto per strapparmi all'alienazione della vita sociale e lavorativa, per poi farmi inghiottire in quella più subdola e carnevalesca del teatrino che giornalmente dava spettacolo sul mio pianerottolo.

Questo fino al giorno in cui ho rivisto l'agente immobiliare che mi aveva affittato la casa. È spuntata dall'ascensore preceduta da un profumo intensissimo che si è infilato fin sotto la mia porta. Era bellissima come cinque mesi prima, ancora abbronzata, meches bionde, stivali neri alla moda e camicetta con i primi due bottoni lasciati volutamente aperti sulla scollatura. Era seguita da due giovani, un ragazzo e una ragazza entrambi sulla trentina come me, probabilmente due innamorati che volevano andare a convivere e si erano affidati a lei per trovare casa.

«Mmm, vediamo… non mi ricordo mai qual è…» la sento dire da dietro la porta. «Ah è questa, venite!» dice ai due ragazzi entusiasta. E vedo che lascia penzolare svogliatamente un mazzo di chiavi da una mano e si dirige verso la mia di porta. *Che intenzioni ha 'sta qui?* mi domando tra me e me.

Cazzo, quando sento girare la chiave nella toppa è già troppo tardi. Faccio un balzo indietro e non faccio in tempo a urlare «Cosa diavolo fai? È proprietà privata questa, violazione di domici...» che mi ritrovo la porta blindata spalancata.

«Scusa, perché hai ancora le mie chiavi di casa se l'ho affittata cinque mesi fa? Pronto? È affittata, mi senti?» le sbraito a un centimetro dal naso senza che lei mi caghi di striscio. «Oooh mi rispondi? Non ci vedi che è abitata?»

Per tutta risposta la sento partire in quarta con lo stesso discorsetto che aveva sciorinato anche a me cinque mesi prima per convincermi ad affittare l'appartamento.

«Soleggiato, arioso, vivibilissimo anche se siete in due, luminoso, arredato: cosa volete di più? A soli trecento dollari è impossibile che troviate di meglio! Beh, che ne dite?» chiede ai due ragazzi che si mangiavano il monolocale con gli occhi.

«Che cosa? O stronza, mi pigli per il culo? Ci abito io! Ora mi sono rotto, uscite da casa mia!» le urlo in faccia fuori di me.

«Ma è vero che due mesi fa l'inquilino che ci abitava si è impiccato nella doccia? È per questo che la svendono a così pochi dollari, vero? Perché nessuno vuole affittarla... Non sarà mica infestata la casa?» le chiede la ragazza stropicciandosi il labbro inferiore.

«Ma non fate caso ai giornali e ai pettegolezzi! Non è incantevole?» tenta di depistarli l'agente.

Non ci credo, non *voglio* crederci. Deglutisco ma non sento il pomo d'Adamo. Urlo di nuovo ma non mi sentono, non mi vedono. Comincio a capire. Voglio scappare, uscire di lì, andare via, dovunque. Mi fiondo verso la porta spalancata, ma sulla soglia una barriera invisibile mi scaglia a terra. Mi rialzo, tento di nuovo, ma non c'è niente da fare. Non riesco a uscire. Non mi *fanno* uscire.

Quell'appartamento che in vita aveva fatto da habitat naturale alla mia asocialità e in cui mi ero relegato lontano dal mondo esterno, ora era diventato il mio purgatorio personale. Se in vita avevo chiuso la porta agli altri, fregandomene di tutto e di tutti, adesso la mia punizione era vedere i miei vicini di casa vivere le loro vite, attraverso uno spioncino, forzatamente, indegnamente, morbosamente.

Non è ironico come mi avevano voluto punire ai piani alti? Se un giorno dovessi mai incontrare Dio, vorrei proprio stringergli la mano.

Non aprite quella porta

«Raccontami che cosa è successo dall'inizio, Tyler. Cerca di rilassarti, lascia tornare la mente a quel giorno... non avere paura.»

La dottoressa Stanton, rinomata psichiatra forense, accavallò le gambe con nonchalance sulla poltrona del suo studio di Cleveland, curiosa di ascoltare la versione dei fatti direttamente dal protagonista, disteso sul lettino di fronte a lei.

«Eravamo solo in sei quella sera a presidiare la scuola...» cominciò a raccontare il giovane, fissando un punto imprecisato del soffitto. «La mattina avevamo organizzato uno sciopero per protestare contro i tagli alla pubblica istruzione, ma la polizia ci ha subito "rimbalzato", così abbiamo deciso di occupare pacificamente il liceo. Eravamo stravaccati sui divanetti dell'atrio, terrorizzati all'idea di affrontare una notte intera senza sballarci. La birra era già finita, l'erba bastava a malapena per un paio di giri ed erano appena le undici. Il problema era: cosa avremmo fatto dopo? Di dormire non se ne parlava neanche. Io avevo portato da casa qualche gioco di società, ma a diciassette anni hai in testa solo due cose: una stava esaurendosi prima del previsto, l'altra - il sesso - era il vero motivo per cui Brian, nostro rappresentante di classe e mio migliore amico, aveva invitato due cheerleader a fare quell'improbabile turno di notte assieme a noi.

In dodici ore il liceo era già ridotto un porcile: divanetti sventrati, banchi rovesciati, porte scardinate, i bagni allagati. C'eravamo accampati con i sacchi a pelo nell'ala nord dell'atrio, per il semplice motivo che lì c'era una stufetta elettrica mentre in tutta la scuola c'avevano staccato il gas. Io ero intontito dall'erba, non ricordo nemmeno come mi sia potuta uscire di bocca quell'idea, so solo che non immaginavo mi prendessero in parola, la tirai fuori così, tanto per dire. Tossii un paio di volte per tutto il fumo che avevo inspirato e proposi: "Perché non facciamo una seduta spiritica, eh? Ho visto che c'è una tavoletta *Ouija* giù nel seminterrato, nello sgabuzzino degli attrezzi. Che ne dite? Sarebbe divertente…"

Ci fu un attimo di silenzio, giusto quella frazione di secondo che il cervello impiega per elaborare un'idea e abbracciarla, poi una prima risatina nervosa e infine teste che annuivano, sempre più convinte.

"Vuoi evocare qualche *Beetlejuice* in versione femminile magari, visto che non c'è trippa per gatti per te stasera, eh? Oppure vorresti chiamare *Casper* e chiedergli un autografo?" Jeremy mi prendeva in giro alludendo alla mia passione per i film d'animazione e dando per scontato che le cheerleader sarebbero state esclusiva sua e di Brian. A quel punto, sentendomi punto sul vivo, ho deciso di sfidarli sul serio e alzando la voce per farmi sentire, ho detto: "No, voglio evocare un Jinn, un demone. Ma se non avete le palle, possiamo pure fare il gioco della bottiglia come alle medie."

Avevo lanciato un amo con un'esca troppo allettante per il loro ego e Brian e Jeremy non potevano permettersi di passare per conigli di fronte alle due ragazze. Una di loro, Cassidy, mi ha chiesto con un filo di voce: "Cos'è una tavoletta *uiya*?"

"È una semplice tavola di legno di forma ovale: ci sono le lettere dell'alfabeto dalla A alla Z e i numeri da 0 a 9 serigrafati lungo i bordi, con le parole "sì" e "no" in rilievo al centro. In pratica, per permettere allo spirito evocato di esprimersi e farsi capire, si usa un piccolo puntatore, sembra quasi un grosso plettro per chitarra, detto *planchette*. Chi partecipa alla seduta sfiora questa specie di lancetta mobile con la punta dell'indice, lasciando che sia lo spirito a spostarla e a rispondere alle domande, componendo le parole con le lettere o le date coi numeri. Sempre che non ve la facciate sotto appena la vedrete muoversi da sola…" ho concluso lasciando intenzionalmente cadere la frase per provocarli e farli cadere nella trappola. Il mio scopo era tirar loro uno scherzo – sì, lo ammetto, era un po' pesante, ma sapevo che non si sarebbe presentato nessuno spirito, sarei stato io a muovere il puntatore senza farmi scoprire, anche perché avrei diretto io la seduta da unico esperto in materia. In realtà ricordavo solo un film dell'orrore in cui avevo visto usare la tavoletta in questione e avevo letto qualche articolo e blog a riguardo su internet. Ma tanto bastava per farli pendere dalle mie labbra.

"Con chi ti credi di parlare? – è intervenuto Brian abboccando all'amo – Non ho paura di niente io! Andiamo a cercarla, ci sarà da divertirsi."

Siamo scesi nel seminterrato dove si trovava lo sgabuzzino per gli attrezzi da ginnastica e abbiamo trovato la tavoletta Ouija completamente ricoperta di polvere sopra una mensola. Ci siamo seduti tutti eccitati attorno a un tavolinetto da caffè nella saletta dei bidelli, ho invitato gli altri ad appoggiare delicatamente le dita sui bordi del puntatore e dato finalmente inizio al mio teatrino.

"Adesso facciamo fare una dozzina di giri alla lancetta in senso antiorario per attirare lo spirito e fargli capire che stiamo cercando di metterci in contatto con lui. A quel punto viene il bello, la riportiamo in mezzo e aspettiamo che il Jinn la muova - sempre che si presenti ovviamente. Mi raccomando, ragazzi, non cominciate a ridere, andare in panico, fare le isteriche o a mancargli di rispetto, perché il demone potrebbe innervosirsi e non essere più disposto a comunicare. Fate una domanda alla volta, scandendola lentamente. Ma soprattutto guys, mi raccomando – ho insistito facendo una pausa ad effetto – *non staccate mai il dito dal puntatore* prima che la seduta sia finita e che lo spirito se ne sia andato di sua spontanea volontà, o al limite invitato a farlo da noi. Se malauguratamente staccate la presa, interrompete la catena che lo lega e lo trattiene all'interno della tavoletta Ouija: gli si aprirebbe un varco, una finestra sul nostro mondo che nessun demone si farebbe sfuggire."

Tra me e me ridevo sotto i baffi. Avevo i miei amici completamente ai miei piedi, mi guardavano a bocca aperta come se in un attimo fossi diventato il più figo della scuola.

Ho fatto girare il puntatore lungo i bordi per una decina di volte e alla fine l'ho riposizionato tra il sì e il no. A quel punto ho domandato ad alta voce, con tono fintamente solenne: *"C'è qualcuno?"* Se avessi subito manipolato la lancetta, i ragazzi non ci sarebbero cascati e la messinscena non mi avrebbe retto nemmeno un secondo. Per rendere la cosa credibile, avevo pianificato di spostarla lentamente verso sinistra solo dopo la terza volta che avessi riproposto la domanda, ma non ce n'è stato bisogno, cazzo. Al secondo invito rivolto nel vuoto - col naso per aria per recitare fino in fondo la mia parte - inaspettatamente, incredibilmente, la planchette ha preso a muoversi da sola, quasi scivolando, verso il sì.

"La stai spingendo tu, Tyler, ti vedo." mi ha accusato subito Brian, che odiava farsi prendere per i fondelli, figuriamoci poi davanti a due ragazze.

"No, te lo giuro, non sono io!"

"Tyler, piantala, non è divertente!"

"Ti dico che non sono stato io a muoverla, dev'essere l'effetto *ideomotorio* che dicevano su internet. Voi pensate che la lancetta si muoverà e inconsciamente provocate un movimento involontario."

Stavo parlando più a me stesso che a loro. Il mio sbigottimento era genuino, cercavo una spiegazione logica a quello che di irreale stava accadendo e che non era programmato che accadesse.

"Ehi, adesso che sta succedendo?" ha urlato Cassidy interrompendomi di botto.

La planchette ha cominciato a girare vorticosamente lungo i bordi per alcuni secondi, come avesse preso vita, segno che lo spirito voleva l'attenzione su di sé e che era impaziente di comunicare. Tutti avevamo il dito praticamente aggrappato al puntatore per non perderlo, tanto sfrecciava veloce. Alla fine è tornato a posizionarsi perfettamente al centro ed io, deglutendo due volte sonoramente, spiazzato dal risvolto inaspettato che aveva preso la cosa, ho domandato con voce tremante: *"Chi s-sei?"*

La lancetta si è mossa con uno scatto secco, prima sulla lettera A, poi con una diagonale perfetta sulla Z, di nuovo sulla A, ancora sulla Z, tanto che per un attimo ho pensato che ci stesse prendendo in giro, per poi virare invece di colpo sulla E e sulla L.

"Ti chiami *Azazel*?" ho chiesto sgomento rivolto al nulla. In quel momento ho avuto la certezza che la cosa mi era sfuggita di mano: non poteva essere uno dei ragazzi a muoverla, il nome che lo spirito ci aveva dato era troppo verosimile per essere stato inventato così su due piedi da uno di loro. Il puntatore si è spostato con un movimento deciso sul sì. L'unico rumore che si sentiva, nel silenzio irreale della stanzetta dei bidelli, era lo stridere sordo del legno contro il legno.

"Ragazzi, adesso sarebbe davvero il momento adatto per dirmi che è uno scherzo." è sbottato Sheldon, che cominciava a farsela sotto.

"Non sto spingendola io, t'ho detto!"

"State zitti, Cristo, si sta muovendo di nuovo…"

"A→S→K": lo spirito voleva che gli ponessimo delle domande, voleva comunicare. Cosa diavolo si poteva chiedere a un demone così su due piedi?

"Ehm... dove sei esattamente?" Cassidy aveva trovato tra i meandri del suo cervello la domanda più intelligente possibile.

"A→M→I→D→S→T"

"Sei in mezzo a noi? In che senso? Sei sospeso sopra il tavolino?"

"Mi stai facendo il piedino?" Lexie si è rivolta a Brian che sedeva alla sua destra.

"No, perché?"

"Toglimi quella lurida mano dalla coscia!" gli ha ordinato sobbalzando leggermente sulla sedia.

"Non ti sto toccando io, come te lo devo dire?!"

"Allora chi è stato? Chiunque sia, la smetta immediatamente perché non è divertente. Sheldon, sei stato tu!?"

"Ma se ho le mani sul tavolo, cosa vuoi?"

"Oddio, di nuovo..." ha urlato lei indietreggiando di scatto.

La planchette ha risposto di sua iniziativa, senza che avessimo formulato nessuna domanda.

"N→I→C→E→P→A→N→T→I→E→S": *belle mutandine*.

"Vaffanculo, idioti!" è sbottata Lexie diventata tutta rossa in faccia e alzandosi in piedi.

"No! Che cosa hai fatto?! Ti avevo detto di non staccare il dito per nessun motivo!" le ho gridato mettendomi la mano libera nei capelli.

"Me ne frego, me ne vado! Pensi davvero che resti qui a farmi prendere per il culo?" e se n'è andata sbattendo la porta con un gestaccio. Il puntatore nel frattempo era sfrecciato come un fulmine sulle lettere T e Y. *Thank you.*

"Grazie? Di cosa?" ha chiesto come un'oca Cassidy. Il Jinn aveva ottenuto il suo scopo.

"N→O→W→U→D→I→E": *e ora morirete tutti...*

A quel punto è stato il panico. Non volevo credere che stesse succedendo realmente e che avessi evocato davvero un'entità ostile. Speravo che fosse solo un brutto incubo, che mi fossi addormentato per la sbronza o fossi svenuto per il fumo.

"Aspetta, aspetta... parliamo, resta ancora un po' con noi... ti prego, aspetta, siamo stati rispettosi, non..."

"2→L→A→T→E": *troppo tardi.*

Il tavolino ha cominciato a vibrare su se stesso come impazzito. Un attimo dopo la porta si è spalancata da sola con un tonfo secco facendoci saltare sulla sedia: sulla soglia, a malapena illuminata dalla luce del corridoio, Lexie era sospesa a mezzo metro da terra come tenuta su da una forza invisibile. Non doveva andare così, doveva essere solo un gioco, un dannato scherzo tra amici... oh Cristo, non volevo evocare un mostro!»

«Calmati, Tyler, va' avanti. Che cosa è successo dopo?» domandò la dottoressa Stanton.

«Il collo di Lexie fumava, cazzo! Si sentiva il crepitio della carne che arrostiva... e le sue urla, oddio... non le dimenticherò mai... Non l'ho fatto apposta, non potevo immaginare che uscisse davvero un demone da una maledetta tavola di legno di un film!»

«Rilassati, Tyler, fa' dei respiri profondi. Ricordi se hai visto qualcuno dietro la ragazza? Concentrati, chiudi gli occhi. Prova a rivivere quel momento. So che è terribile, ma qui sei al sicuro adesso, nessuno ti farà del male.»

«Non c'era nessun uomo, dottoressa, la polizia non mi crede, nessuno mi crede, *neanche lei*. Il Jinn teneva sospesa per aria la nostra amica e le ha incenerito il collo in una frazione di secondo, quante volte devo ripeterlo? Sembrava combustione umana spontanea accelerata all'ennesima potenza! Poi Lexie è caduta a terra e le si vedeva l'osso del collo completamente esposto. Non c'era nemmeno sangue, si era coagulato all'istante, come quando si cauterizza una ferita. Solo che quella era una voragine, Cristo, che schifo... Dopo ricordo solo le urla di Cassidy, gente che tentava di sfondare la finestra per scappare, gli oggetti che volavano dalle mensole, il tavolo che si rovesciava da solo, la tavoletta Ouija che fluttuava impazzita... Non potevo prevedere che andasse così, sono morti tutti, adesso verrà a prendere anche me. Non mi darà tregua finché non mi troverà! Dottoressa, la prego, mi aiuti, almeno lei mi deve credere!»

«Ti credo Tyler, non ti agitare – mentì la dottoressa Stanton abbassando lo sguardo sul file del ragazzo appoggiato sulla sua coscia: la diagnosi della sua collega all'FBI recitava "stato confusionale allucinatorio" e lei suo malgrado avrebbe dovuto sottoscriverla. «Cerca di rilassarti, chiudi gli occhi. Come sei riuscito a metterti in salvo?»

«Devo solo ringraziare internet e le leggende urbane che girano online...» riprese Tyler. «Nella saletta dei bidelli sopra la credenza c'erano un paio di pacchi di sale da cucina, ne ho aperto forsennatamente uno e me lo sono sparso tutto attorno ai piedi formando un cerchio continuo. I demoni non riescono a oltrepassarlo, il sale è un potente protettore e purificatore. Ho urlato a Brian di correre verso di me per entrarci, ma non ce l'ha fatta... Dio ti prego, perdonami, li ha uccisi tutti, ha ucciso tutti i miei amici!»

«Non è stata colpa tua, Tyler.»

«Poi ho chiamato subito il 911 e la polizia è arrivata dopo una ventina di minuti. Il Jinn doveva essersene andato, l'ho capito dal fatto che i poliziotti rimanevano vivi. Mi hanno ammanettato convinti che avessi commesso io quella strage. Ma non volevo assolutamente uscire dal cerchio di sale, non potevo avere la certezza che quel figlio di puttana non fosse ancora lì nella stanza. Ho chiesto al poliziotto se aveva delle manette in ferro puro - altro elemento che tiene lontani i demoni - e mi sono tenuto in mano tutto il sale che sono riuscito a raccogliere. In centrale mi sono fatto interrogare in cella dietro le sbarre di ferro, ma dopo poche ore mi hanno rilasciato. Il medico legale ha confermato che le morti erano dovute a un anormale, sconosciuto processo di combustione accelerata, non spiegabile scientificamente e certamente non opera di un ragazzino di diciassette anni. La polizia non crede alla storia dell'evocazione e non mi vuole proteggere. Ho paura dottoressa, non voglio morire... mi tocca andare in giro con crocifissi, ampolline d'acqua santa, sale nelle tasche... La prego, lo so che mi hanno costretto a venire qui per una perizia psichiatrica, ma lei deve scrivere che sto dicendo la verità, non è colpa mia, doveva essere uno scherzo, non l'ho fatto apposta! Che Dio mi fulmini, non volevo far morire i miei amici, dovete credermi! Non sono pazzo!»

«Va bene, va bene, Tyler, respira, per oggi basta così. Rimandiamo alla prossima settimana, martedì alla stessa ora. Ti prescrivo delle gocce di *Tavor* per aiutarti a dormire, così ti riposi un po', ok?»

«Tanto è inutile, non ci riesco da giorni... appena chiudo gli occhi me li rivedo morire davanti, oh Cristo...»

«Vedrai che con queste riuscirai a riposare...» lo rassicurò la dottoressa Stanton, alzandosi dalla poltrona per prendere il ricettario e compilare la prescrizione per il farmaco. «Mi raccomando, usale senza esagerare, massimo una ventina di gocce, intesi?» gli domandò di spalle, china sulla scrivania intenta a scrivere il dosaggio.

«Dottoressa?»

«Sì, Tyler, dimmi.»

«Io non dormo mai...»

Quando la donna si voltò di scatto era già troppo tardi. Il giovane l'aveva afferrata con una sola mano sotto le mandibole, stringendole i muscoli del collo in una morsa inestricabile e con una forza inaudita la teneva sospesa a venti centimetri dal pavimento. La psichiatra tentò di chiamare aiuto, ma le corde vocali finirono carbonizzate nel giro di pochi secondi. L'ultima immagine di questo mondo che rimase impressa per sempre sulle iridi di Melanie Stanton, fu quella del suo ultimo paziente che la guardava con la testa inclinata da un lato e gli occhi gialli ridotti a due fessure ellissoidali, fisse a godersi quel macabro, personalissimo, spettacolo "pirotecnico".

Tyler Hastings è salito al numero quattro nella lista dei criminali più ricercati degli Stati Uniti d'America. L'FBI nelle settimane successive, dopo il ritrovamento di alcuni cadaveri carbonizzati alla zona cervicale anche negli Stati confinanti dell'Indiana e del Michigan, ha passato il caso all'Interpol, rassegnandosi a classificarlo come un X-file.

Aguscello

Dragan aspirò con voluttà dal mozzicone ormai striminzito, nella speranza che il fumo gli arrivasse fino agli alveoli e spazzasse via quell'improvvisa sensazione di gelo che lo aveva investito appena sceso dal furgone.

Si bloccò di fronte all'enorme cancellata in stile vittoriano, in attesa. In quel punto l'aria sembrava diversa, come sospesa. Un sottile banco di nebbia cinturava l'edificio lungo il muro esterno, per poi diradarsi all'altezza delle finestre del primo piano e dissolversi completamente a quelle superiori. Il cancello era stato lasciato appena socchiuso e cigolava sui cardini oscillando impercettibilmente. Per un attimo, il suono stridulo e sinistro che emetteva gli sembrò simile a uno sbadiglio strascicato.

Il bruciore ai polpastrelli gli ricordò che il tempo di tergiversare era scaduto. Doveva decidersi a entrare.

Aveva accettato quel lavoro quasi costretto dalla crisi che stava attraversando il settore edilizio, e la sua ditta in particolare. Dieci anni prima era partito dalla Romania in cerca di fortuna, stabilendosi lì a Ferrara prima come semplice muratore e poi piccolo imprenditore. All'inizio le cose erano andate bene, ma nell'ultimo periodo le tasse, i pagamenti ricevuti con mesi di ritardo, la concorrenza e il poco lavoro a causa del mercato immobiliare fermo, avevano finito per tagliargli un po' le gambe. Aveva "benedetto" quella commessa dopo tre mesi di calma piatta, eppure non si sentiva del tutto a suo agio a portarla a termine. Dopo aver contrattato diecimila euro per la demolizione dello stabile, la pulizia dei detriti e la bonifica del terreno, il proprietario gli aveva dato appuntamento quella mattina presto per un sopralluogo. Si era fatto dare l'indirizzo per telefono e subito dopo aveva sentito l'uomo buttare giù bruscamente, senza aggiungere altro.

Dragan non conosceva il paesino di Aguscello, in piena campagna. Al bar in centro a Ferrara dove abitava, aveva chiesto informazioni su come arrivarci e per tutta risposta si era sentito apostrofare con una battuta che lì per lì non aveva capito:

«Cosa ci vai a fare? Vuoi farti rinchiudere in manicomio? Arrivi tardi, bello, sarà chiuso da almeno quarant'anni!» era scoppiato a ridere il ragazzo dietro il bancone.

«No, devo buttar giù una specie di casermone di cinque piani, ma non ho capito bene, non so dove rimane esattamente.»

«Ad Aguscello non ce ne sono di casermoni, amico. Forse intendi dire l'ex manicomio per bambini che apparteneva alla Croce Rossa. L'hanno abbandonato negli anni settanta, brutta storia!»

Il giovane si irrigidì immediatamente all'udire quelle parole. Per un attimo pensò anche di telefonare per rifiutare il lavoro, non per la mancanza di onestà da parte del proprietario che non aveva minimamente accennato alla cosa, ma perché gli ospedali - e in particolar modo quelli psichiatrici - rievocavano nella sua mente l'orrore e la desolazione dell'orfanotrofio in Romania in cui aveva passato l'infanzia e in cui suo fratello minore era morto di meningite fulminante.

Ma cosa avrebbe dovuto fare? Quei soldi gli servivano come il pane. Alla fine non aveva avuto il coraggio di comporre il numero sulla tastiera del telefonino.

Lì impalato di fronte al grosso cancello, si tirò su la zip della felpa fino al mento, schiacciò il mozzicone fumante con la scarpa e alla fine spinse l'inferriata col palmo della mano.

Il vialetto di accesso all'edificio era completamente invaso da erbacce e felci, tanto alte in alcuni punti da doversi fare largo con le braccia. Una rampa di pochi gradini conduceva all'ingresso a forma di arco, murato alla bell'e meglio con mattoni e cemento, un lavoro dozzinale e fatto di fretta, pensò Dragan tra sé.

Sulla destra si apriva uno squarcio nella parete di almeno un metro e mezzo di diametro, a prima vista l'unico punto più agevole per entrare. Da lì si arrivava a una specie di cortile interno, una stanza disseminata di cocci, pezzi di intonaco crollato e detriti, con al centro una piccola giostrina per bambini, tutta arrugginita e invasa dalle ragnatele. I seggiolini erano collegati a raggio a un perno centrale che, col passare degli anni e l'esposizione agli agenti atmosferici, pendeva leggermente sbilenco da un lato.

Un manicomio con la sala giochi... rabbrividì il giovane, avvertendo nuovamente un'improvvisa fitta di freddo a fil di pelle. I muri, scrostati e ammuffiti, sembravano venir giù da un momento all'altro ed erano imbrattati con murales e scritte con lo spray: Dragan ne stava leggendo una che spiccava sulla parete di fronte quando una voce lo fece sobbalzare.

«Sei il muratore?»

«Oh buongiorno, sì, sono Iliescu. Lei è il proprietario, immagino...»

«Se ti cade una tegola in testa, non ti pago!» lo avvisò con tono fermo l'anziano contadino che abitava nella casa coloniale pochi metri più avanti.

«Mi scusi, volevo solo farmi un'idea del lavoro.» si schermì il ragazzo, accortosi di aver dimenticato l'elmetto protettivo nel furgone.

«Seguimi, ti faccio vedere.» gli ordinò l'altro con fare perentorio.

Dal cortile, tenendosi radenti al muro, si diressero lungo il corridoio che portava al grosso androne del pianterreno, da cui partiva l'unica tromba di scale ancora agibili.

«Arrivano fino al secondo piano, poi si interrompono, è crollato mezzo soffitto. Fa' attenzione, un piede alla volta.» si raccomandò il vecchio posando il proprio sul primo gradino. Dragan si rese subito conto che erano in pessime condizioni come il resto dell'edificio, ma non si stupì più di tanto della scelta al risparmio con cui erano state progettate, decisione tipica di tante costruzioni di fine anni cinquanta. Avanzando lentamente, non sapendo se avrebbero retto il suo peso, superò il proprietario che si era fermato a metà rampa, strappò alcune ragnatele, disincastrò una piccola trave che ostruiva il passaggio e si fermò sul pianerottolo del primo piano. Nonostante filtrasse un po' di luce dalle finestre rotte e dalla breccia nel cortile, non riusciva a vedere quasi niente. Provò ad appoggiare un piede su una mattonella, ma la sentì immediatamente sprofondare nell'arenino di alcuni centimetri. Non poteva rischiare.

«Devo andare a prendere il casco in macchina – disse rivolto al vecchio – Voglio essere sicuro di piazzare le cariche esplosive sui muri portanti, ma non riesco a capire bene da qui.»

L'uomo non lo degnò nemmeno di una risposta, si scostò per farlo passare allargando le braccia in un gesto di impazienza e sibilò solo uno «sbrigati» a denti stretti. Dragan ridiscese i pochi gradini senza dar peso più di tanto al suo modo di fare così sgarbato. Guadagnò l'uscita infilandosi nella cavità per cui era entrato, stando attento a evitare i cocci affilati e i pezzi di vetro sparsi per terra, recuperò l'elmetto dal furgone, testò la luce del faretto sulla fronte e fece una corsa per ritornare dentro. Appena mise piede sul pavimento disastrato del cortile, sentì di nuovo un'ondata di freddo attanagliargli la bocca dello stomaco, come se addirittura ci fosse un'escursione termica tra l'interno e l'esterno. Era la terza volta che la avvertiva, nonostante fosse una splendida giornata di fine marzo e il sole fosse già alto.

Con la coda dell'occhio, costeggiando il muro, si accorse che la giostrina stava muovendosi. Su uno dei seggiolini era seduto un bambino di una decina d'anni, vestito solo con una maglietta della salute e un paio di pantaloncini bianchi. Avrebbe potuto giurare di averci messo al massimo un paio di minuti tra andare e venire e di non aver notato nessuno un attimo prima.

«E tu che ci fai qui? – gli chiese stupito – non hai freddo? I tuoi genitori sanno che vieni a giocare qua?»

«Giro giro tondo, casca il mondo… vuoi giocare con me?» fece il piccolo senza rispondergli, piegando la testa di lato.

«Puoi farti male, è troppo pericoloso! Abiti vicino? Dov'è la tua mamma?»

«Casca il mondo, casca la terra, tutti giù per terra!»

«Come ti chiami? Vieni, andiamo a chiamare i tuoi genitori, prima che…»

«Vuoi giocare anche tu? Giro giro tondo…» cantilenava monotono il bambino.

«Non posso, devo lavorare. Dai scendi, ti può cadere addosso il soffitto, vedi? Dammi la mano ché ti accompagno fuori.» tentò di convincerlo Dragan, porgendogli quella destra.

«Perché voi grandi non volete farci giocare?»

«Farvi? Sei venuto con i tuoi amici? E loro dove sono?»

«Noi giochiamo sempre qui…» rispose il ragazzino mentre la giostrina continuava a girare, cigolando sinistramente sul perno storto.

Dragan aveva la sensazione che fosse affetto da autismo. Aveva cercato di richiamare la sua attenzione, ma non rispondeva né alle domande né agli stimoli visivi: quando gli aveva teso la mano, non l'aveva nemmeno guardata. Temeva per la sua incolumità, ma se lo avesse preso in braccio di forza e si fosse messo a strillare? Non sapeva gestire un bambino, tantomeno uno problematico.

«Aspetta qui, vado a chiamare il proprietario.»

«Giochi un po' con me?»

«Sì, torno subito, aspetta.»

Si avviò di nuovo verso l'androne delle scale e trovò il contadino che stava fumando un sigaro, sbuffando fuori il fumo, impaziente.

«C'è un bambino di là in cortile. Se si fa male, passa dei guai, lo sa?»

«Ma cosa sei a dire? Sono stato fermo qui tutto il tempo e non è entrato nessuno.»

«Le dico che c'è un ragazzino di là! Se non mi crede, venga a vedere. Glielo dico perché se succede qualcosa, vengono a cercare lei!»

«Lo caccio subito fuori a calci nel culo allora, fammi passare. Faceva bene Erode ad ammazzarli tutti!»

Dragan sorvolò su quella battuta infelice e seguì il vecchio verso il cortile, deciso stavolta a prendere il bambino e a portarlo fuori al sicuro. Sperava solo che non desse in escandescenze e che non si mettesse a correre per tutto il pianterreno, se gli fosse scappato. Arrivati alla stanza della giostra però si bloccò di colpo: il piccolo era sparito.

«Hai le traveggole?»

«Le dico che c'era un bimbo che giocava qui fino a un attimo fa. Adesso dove si sarà cacciato? Non gli ho chiesto nemmeno come si chiama... Ehi, dove sei?» domandò affacciandosi anche dal buco nel muro, verso il vialetto.

«Ma chi se ne frega!? Non c'ho tempo da perdere io!» sbottò il contadino.

«Ok, ok, finisco il sopralluogo e mi metto a cercarlo. Sono sicuro che era lì a giocare, non sono pazzo.»

Dragan si aggiustò l'elmetto sulla testa e si avviò di nuovo verso la rampa di scale, non riuscendo a smettere di pensare al bambino e all'esitazione che aveva avuto. Sperava solo di non dover convivere con le conseguenze della sua indecisione e i sensi di colpa, se si fosse fatto male sul serio.

Chissà se si è nascosto da qualche parte?

Risalì abbastanza agevolmente fino al pianerottolo del primo piano, fece qualche metro lungo il corridoio aiutandosi col fascio di luce del caschetto per individuare le travi e le tavole più resistenti, e alla fine arrivò a quella che un tempo doveva essere stata una grossa ala dell'ospedale. Per terra vide disegnata una stella a cinque punte, con al centro i rimasugli di un fuoco e alcuni resti organici. Il giovane non ebbe dubbi: qualcuno lì dentro si divertiva a compiere rituali satanici.

Si appoggiò a una parete guardando bene dove metteva i piedi e si sbilanciò leggermente in avanti, facendo capolino in una piccola stanzetta quadrata, completamente vuota a parte una rete metallica da letto, tutta ossidata e ridotta allo scheletro, che giaceva nell'angolo più lontano.

Un brivido gli formicolò alla base della nuca, quando gli tornarono in mente le parole del barista giù in città: in quel manicomio praticavano l'elettroshock sui bambini più "difficili". Scrollò la testa con un sospiro, cercando di scacciare i ricordi dell'orfanotrofio e le urla all'ultimo piano a cui era vietato salire da soli, e chiuse gli occhi per un attimo. Quando sentì qualcosa sfrecciare velocissimo dalla finestra, li riaprì appena in tempo per vedere un piccione sfracellarsi la piccola testa contro la parete di fronte. *Intenzionalmente*.

«Ma che diavolo…?»

Dragan pronunciò queste parole ad alta voce e indietreggiò di scatto quando vide la condensa formarsi davanti alla sua bocca.

In macchina c'erano sedici gradi, com'è possibile?

Si girò, fece lo stesso percorso a ritroso e prese a salire verso il secondo piano. Sull'ultimo gradino si lasciò scappare un'imprecazione in rumeno: il soffitto, crollando, aveva sfondato il pavimento in più punti e per piazzare le cariche lì avrebbe dovuto fare dei salti in avanti di almeno un metro, sperando che le poche travi rimaste avrebbero retto prima l'impatto e poi il suo peso.

«Vengo giù, ho finito!» urlò rivolto al proprietario rimasto al pianterreno.

«Non vuoi farci più giocare?» gli domandò dal nulla lo stesso bambino della giostrina, appollaiato su un'asse di legno sospesa nel vuoto, appoggiata da un'estremità sulla ringhiera delle scale e dall'altra su un muro portante.

«E tu come hai fatto a salire fin lì, eh?» gli chiese Dragan, contento lì per lì di averlo ritrovato ma sgomento per il pericolo in cui si era nuovamente cacciato.

«Giochi un po' assieme a noi?»

«È troppo rischioso, ti ho detto. I tuoi amichetti dove li hai lasciati?»

«Noi vogliamo solo giocare...»

«Vieni ché ti porto dalla mamma. Come faccio a prenderti adesso?»

«Ma con chi stai parlando? Scendi o no?» gli domandò spazientito il vecchio.

«Il bambino che le dicevo è salito da solo fin quassù, dannazione. Cosa le avevo detto? È seduto ad almeno dieci metri d'altezza... Ce l'ha una scala?»

«C'ho uno scalotto nel fienile, ma è corto.»

«Va bene lo stesso, faccio perno contro la parete e ci arrivo... Si sbrighi, può cadere da un momento all'altro.»

«Maledetti bambini, ci mancavano anche loro...» borbottò il contadino avviandosi verso il corridoio.

«Resta immobile, eh? – riprese l'altro cercando di mantenere un'inflessione calma nella voce – Come hai fatto a sederti lì in mezzo?»

«Perché non giochi assieme a noi? Giro giro tondo, casca il mondo...» ripeteva il bambino facendo penzolare le gambine nel vuoto.

«Fermo, fermo, non muoverti! Adesso vengo a prenderti e andiamo a giocare fuori, ok?»

«Voglio giocare *adesso*.»

«Sì, sì, giochiamo assieme appena scendiamo, te lo prometto.»

Dragan avanzò di qualche passo sul pianerottolo, ma c'era uno squarcio nel pavimento di almeno sette metri: per arrivare alla trave gli serviva qualcosa per fare ponte, anche un'altra tavola, una corda, qualsiasi cosa.

Quanto tempo ci mette quello a tornare con la scala? pensò in preda alla frustrazione. Si sbilanciò in avanti con un piede sull'ultimo lembo del solaio, ma anche solo per sfiorare la tavola con la punta delle dita gli mancavano comunque due metri.

«Non ti muovere, mi senti? Come ti chiami?»

«Sei venuto a giocare con noi?»

«Sì sì, stai tranquillo. C'è qualcun altro con te? Me lo puoi dire, non aver paura. Rischiate di farvi male, lo sai?»

«Casca il mondo, casca la terra... tutti giù per terra!» Appena ebbe finito di cantare la strofa, il piccolo si lanciò nel vuoto.

«Nooo!» urlò Dragan disperato, mettendosi le mani nei capelli. Chiuse gli occhi per alcuni secondi, poi guardò nel baratro dieci metri più sotto, nel buio, col cuore che gli martellava nel petto. Tra i detriti non riusciva a individuare il corpicino, la luce che filtrava era poca e creava strani riverberi. Allora si tolse l'elmetto e puntò il fascio luminoso verso il fondo: non c'era traccia del cadavere.

«Ho detto tutti giù per terra.» sibilò il bambino materializzatosi alle sue spalle sul pianerottolo.

Il giovane sentì su un fianco una piccola, quasi impercettibile scossa elettrica che gli fece perdere l'equilibrio già precario. Istintivamente con le braccia cercò un appiglio, ma la trave era troppo lontana. Perse anche l'appoggio del piede sinistro e cadde nel vuoto. Un secondo dopo quella sensazione di freddo che aveva avvertito a intermittenza tutta la mattina, lo avvolse come in un bozzolo, immobilizzandolo. Nell'impatto coi detriti e le pietre dodici metri più in basso, si spezzò l'osso del collo all'istante.

Il bambino fece un passo avanti e raccolse il casco caduto a terra, divertendosi a proiettarne la luce lungo le pareti. Dall'alto, con la testa piegata da un lato, osservò cinque bambini spuntare dal nulla, prendere per i piedi il corpo di Dragan e trascinarlo nel seminterrato, continuando a cantare la stessa filastrocca tutti insieme. Sparirono nelle viscere dell'edificio così come ne erano apparsi. Quando udì i passi strascicati e il respiro affannoso dell'anziano proprietario, il ragazzino si volatilizzò in un attimo mollando l'elmetto, che rotolò lentamente verso lo squarcio. Nell'impatto con il suolo, la lampadina andò in frantumi.

«Eccomi! Ho solo questa qui...» esordì l'uomo, appoggiando la scala alla parete per riprendere fiato. Alzò lo sguardo e facendosi schermo con la mano, tentò di mettere a fuoco il punto in cui aveva lasciato l'operaio. «Ci sei, oh? Mi senti? Non mi ricordo nemmeno come si chiama – mugugnò a fil di labbra – Oh *Romania*, dove sei?»

Nessuna risposta.

«Fanculo! Non se ne sarà mica andato anche questo? Possibile non riesco a trovare nessuno che mi butti giù 'sta baracca?» imprecò stizzito, avviandosi verso la breccia nel cortile per vedere se il muratore fosse tornato a prendere qualcosa nel furgone. Nel passare vide di sfuggita che la giostrina nella stanza stava girando da sola: eppure non si muoveva una foglia, non c'era corrente, non un alito di vento. Indugiò per un attimo sulla soglia e lo sguardo gli finì su una frase scarabocchiata con lo spray sull'intonaco ancora buono.

Chiunque faccia girare la giostrina non riuscirà più a fermarla, poiché le anime dei bambini giocheranno in eterno.

L'ultima volta che aveva messo piede lì dentro, due settimane prima, quella scritta non c'era. Scavalcò lo squarcio nel muro e si affacciò sulla strada: il furgone era ancora fermo nello stesso punto, ma dell'operaio non c'era traccia. Guardò di nuovo verso il vecchio ospedale, scuotendo la testa.

«*Maledetti bambini...*» bofonchiò a denti stretti, avviandosi rassegnato verso i campi.

Calandrina

La signorina aveva sempre freddo. Usciva di casa di soppiatto, con quella sua faccia bianca e livida dai contorni sfuggenti. Pareva incipriata con polvere d'elitropia. Così la soprannominai Calandrina.

Era arrivata a novembre Calandrina, insieme al brutto tempo, alla pioggia, alla noia. Avevo cominciato ad interessarmene forse proprio per il suo aspetto vago, indefinito, sfuggente e opaco come la nebbia. Cosa faceva in quell'appartamento quando vi si chiudeva dentro? Cosa faceva quando ne usciva?

Tutte le notti la vedevo sola e assorta. Restava immobile per ore dietro ai vetri della finestra, l'unica che dava sul cortile, accanto a quella dello studio Peletti. Erano odiosi i Peletti. Più la moglie o più il marito? Forse lui, col suo cane lardoso che abbaiava per niente e non sentiva mai ragione di starsene un po' zitto.

Calandrina era diversa da tutte le creature che avevo visto prima di lei. La notte, dicevo, se ne stava alla finestra per un tempo interminabile. Alle sue spalle il buio più completo. Ne intuivo la presenza perché quel suo volto impossibile sembrava illuminato dai suoi stessi occhi bianchi. Ad un certo punto piegava la testa, sembrava volesse sporgersi un poco in avanti, poi portava le mani alla bocca come per pregare. Era il solito gesto che le vedevo fare da settimane, quello con cui scaldiamo dita e naso infreddoliti soffiando tra le mani giunte. A volte avevo l'impressione che mi guardasse. Restava così per altri tre o quattro minuti ad annusare la notte, poi si ritirava con calma nel silenzio della sua stanza.

Durante il giorno non usciva quasi mai, la vedevo piuttosto dopo il tramonto, ma stava fuori poco. Ogni tanto qualcuno veniva a farle visita. Erano persone sempre diverse, di tutte le età, nessuno però veniva mai accompagnato da bambini. Stavano dentro un'oretta circa e poi uscivano. Molti di loro avevano il volto contratto, a volte anche gli occhi lucidi e arrossati come se avessero appena pianto. Si allontanavano lenti e ingobbiti, sembravano frenati da forze sotterranee o da pesi opprimenti, difficili da trascinare.

Solo una donna vidi sorridere mentre si chiudeva alle spalle il portone della casa di Calandrina. Aveva un'espressione sognante e imbambolata, era giovane, biondina, e continuava a baciare una medaglietta che portava appesa al collo.

***

«Chi c'è?»
«Sono io.»
«Io chi?»
«...»
«Come ti chiami?»
«Alberto.»
«Alberto, perché sei qui?»
«Non lo so. Vorrei parlarti. Posso sedermi?»

Calandrina m'indicò una poltrona di vimini in mezzo alla stanza, proprio accanto al suo letto. Intorno un'atmosfera cupa e verdognola rendeva ogni cosa faticosamente percettibile. Era come se mi fossi immerso ad occhi aperti in una piscina torbida di alghe e acqua salata. Indovinavo a malapena il profilo di lei, in piedi, illuminata dalla luce traballante di una candela gialla accesa su un tavolino. Solo lei respirava in quella stanza. Molto sommessamente, sì, respirava quell'aria spessa di incubi: li vedevo mentre volteggiavano filamentosi attorno alla sua figura esile e chiara. Sembrava volessero toccarle i capelli con le loro lunghe zanne.

Calandrina restava immobile con il braccio teso verso la poltrona. Continuava a fissarmi muta, le sue labbra erano ridotte a un puntino nero e sfocato.

«Certo. Siedi pure. Quanti anni hai?»
«Tredici e mezzo.» Mi piaceva essere preciso.
«Non sai perché sei qui?»
«Voglio parlare.»
«Va bene. Parliamo.»

Era calma, ma un velo stridente e sottile inframezzava fastidiosamente il suono delle sue parole, indicandomi che in un angolo del suo essere c'era allarme.

«Alberto, lo sai che non dovresti essere qui, vero?»
«N...no, non ci vedo niente di strano. Ti osservo da mesi ormai. Sei strana.» Mi fece un sorriso benevolo.
«Eh sì... questo lo so anch'io... so bene di essere strana. E non solo per quelli come te.»

Che dialogo. Mi sentivo agitato come un pesciolino in olio che frigge.

«Il tuo posto è altrove. Io posso aiutarti, ma prima devi seguire le mie indicazioni.»

«Spiegami allora.» M'inventai un sorriso, il migliore che mi venne in mente.

«Cosa facevi prima di incontrare me?»

Oh, no... Quella domanda mi ferì il cervello come una lama. Mi sentii dolorante, da capo a piedi. Mi venne voglia di sdraiarmi a terra, rotolare, allungarmi, gridare, graffiare, urlare...

Lei restava seduta e ferma. Mi guardava, si scaldava le mani soffiandoci sopra e stringendosi nel pesante maglione color... non so di che colore fosse. A un tratto si alzò e mi venne vicino. L'aria intorno aveva assunto una consistenza lanosa e soffocante.

«Come è successo?»

«Sono stato rapito.»

«Cosa ricordi?»

«Mi ha preso. Stavo tornando a casa dopo la lezione di pianoforte. Ero stato dal maestro Diego. Tu lo conosci?»

«Sì, lo vedo spesso.» Calandrina accennò un sorriso dolcemente triste e guardò in alto come se aspettasse di vedere la figura del mio maestro comparire sul soffitto. «Abita a due isolati da qui. Chi ti ha rapito?»

«Un uomo. Non so chi fosse. Si è fermato per chiedermi informazioni su... non so, non ricordo più.»

Improvvisamente scoppiai a piangere. Senza rumore né lacrime da nessuna parte. Più mi sforzavo di ricordare, più il buio soffocava e stringeva la mia mente, impedendomelo.

Poi un dolore al collo, profondo, opprimente... mi sentii sbattuto contro la parete da una forza invisibile.

Mi accasciai a terra come un palloncino sgonfio, premendomi la pancia dove mi sentivo colpito come da una raffica di calci potentissimi e incessanti.

«Aiuto...»

«Non preoccuparti. Sono i tuoi ultimi ricordi. Abbandonali. Lascia che se ne vadano. Tu sei oltre, adesso.»

«Come? Sto malissimo, aiutami!»

«Ti sto già aiutando. Vieni verso di me... perché mi chiami Calandrina?» Pronunciò quel nome in modo dolce e piano, come una mamma che racconta al suo bambino fiabe inventate sul momento. Come faceva a sapere che io la chiamavo in quel modo?

«Perché sei così sottile e bianca da sembrare quasi invisibile. Come un'ombra. Come se ti fossi nascosta grazie ai poteri di una pietra magica. È una storiella che ci ha letto la professoressa Pavini a scuola.»

«Alberto, vieni verso di me. Lo vedi questo?»

Sì, vedevo. Era una sfera gialla e luminosa, con una nocciolina più chiara al suo interno che pulsava debolmente, proprio al centro del suo petto. Sentii all'improvviso che aveva un potere attrattivo fortissimo. Mi mossi verso di lei.

«Non fermarti e non avere paura di ciò che potrebbe accadere toccandola.»

Procedevo. Tutta l'angoscia, il dolore, la paura che mi aveva pervaso in quegli ultimi momenti stava prendendo una direzione nuova, si allontanava da me. Quella nocciolina inquieta mi stava dando un impercettibile saluto, guidandomi verso un puntino remoto, una nota senza colore, assolutamente amichevole.

***

«Ciao Alberto… la tua mamma e il tuo papà ti vogliono bene. E anche io.»

Ilvia appoggiò un mazzetto di margherite accanto all'enorme vaso di pietra pieno di garofani bianchi.

«Lo hanno preso ieri. Ne ha uccisi altri tre. Tu ed io sappiamo che non è vero. Sono otto. Gli altri cinque li ha gettati nel recinto. Uno dopo l'altro, nell'arco di due anni. Sarà difficile farmi credere dagli investigatori, ma se riuscirò a convincerli a ispezionare a fondo l'allevamento di Colleluco, troveranno le prove necessarie. Ora devo andare.»

Indietreggiò di pochi passi, sbirciando il piccolo orologio che aveva al polso. Poi sorrise puntando lo sguardo altrove. C'era un'atmosfera rarefatta intorno, di una luminosità a tratti accecante come il dolore trattenuto a stento. C'erano uccelli muti che frusciavano tra i rami di pino bagnati, i passi di una vedova, il risolino lontano di una bimba, il gelo delle ombre in attesa dietro le siepi di pitosporo.

«Alle tre ho un appuntamento con il tuo maestro di pianoforte: ora viene tutti i giorni a farsi leggere le carte, per sapere se presto troverà un'altra fidanzata.»

Scosse leggermente la testa e pensando a lui non poté impedirsi di arrossire. Era bello, un po' strambo, camminava con un passetto bizzarro e aveva una voce buffa, inconfondibile. "Hai una voce... da prete!" gli aveva detto sorridendo, mentre lui tentava malamente di attaccare bottone davanti al bar vicino casa. All'inizio ne era rimasto un po' offeso, ma poi aveva continuato a esibirsi in arguzie innocenti e maldestre, tanto che Ilvia aveva finito con l'accettare l'invito per un caffè.

«Io so che non crede per niente a queste cose. A volte mi fissa con aria di sufficienza come se avesse a che fare con una matta da assecondare. Viene soltanto perché ora da me si sente di nuovo bene. Non sa che la prossima sarò io. Non glielo dirò. Lo scoprirà da solo, stasera, prima di tornare a casa, durante uno dei suoi giri in macchina in cerca di un piacevole nulla. Poi domani tornerà da me, portandomi in dono "Semplicità insormontabili", uno dei suoi libri preferiti. Sopra ci troverò una dedica scherzosa con la quale vorrà farmi capire di essere mio, senza condizioni.»

Gli occhi di Ilvia si muovevano intorno come per seguire quella scena girata in anteprima, solo per lei.

«Sarò la prossima ed ultima.»

Il sorriso le si spense miseramente sulle labbra mentre si piegavano all'ingiù.

«Come vorrei sottrarmi all'inevitabile, nascondermi dietro una pietra magica che mi renda invisibile ai dispiaceri. Il lato peggiore della mia condizione è proprio nell'esser destinata a soffrire in largo anticipo le sventure che mi toccheranno. Tra undici mesi lo perderò.»

Si coprì gli occhi con una mano, come per schermare qualcosa di troppo brutto da mostrare al mondo, qualcosa che solo lei poteva già vedere.

«Alberto, vorrei che mi facessi un regalo speciale: verrai tu a prenderlo quando sarà il momento? Io non potrò aiutarlo come ho fatto con te. Prometti, ti prego.»

In quell'istante iniziò a nevicare. Alcuni coriandoli di brina presero a volteggiare allegramente intorno alla sua testa, come agitati da un frullo di ali invisibili. Ilvia si portò le mani al viso, l'una contro l'altra, per riscaldarle soffiandoci in mezzo.

«Promesso.»

La Casa ha deciso

«Dobbiamo intervenire noi.»

«Sì, sono d'accordo, ma che cosa potremmo fare?» Pennarello fece un giretto su se stesso e tracciò un piccolo punto interrogativo tra gli scarabocchi che Linda seminava sulle cartacce di appunti accanto al Telefono.

Matita lo guardò sconsolata: «Proviamo a lasciarle un messaggio.»

«Sì, poi magari le viene il sospetto che ha in Casa qualche fantasma e scappa via lasciandoci tutti qui. Sai che voglio bene a Linda e non farei mai nulla che potesse spaventarla. E poi nelle condizioni in cui si trova...»

Matita agitò pian piano la punta in direzione della donna che stava entrando nella stanza. I due oggetti rimasero immobili sul Tavolo osservando zitti zitti i movimenti veloci delle grandi mani di Linda sulla Scrivania. A un certo punto Pennarello si sentì afferrare. Trattenne il fiato e chiuse gli occhi. Era stato sollevato in alto, pronto per essere scaraventato lontano.

Linda non si era mai comportata in modo violento. Fino a quel momento. Pennarello fu lanciato contro Matrioska che, colta di sorpresa, cadde dalla Mensola, si aprì e gettò fuori un paio delle sue figliole che stavano ancora riposando.

«*Chisda mati!*» Matrioska, furente, cercò di rotolare verso le sue bambine per tranquillizzarle. Una di loro aveva perso una crosticina di colore sulla fronte e stava per scoppiare a piangere. Fortunatamente riuscì a rimanere in silenzio mentre la metà superiore di sua madre la sfiorava amorevolmente con piccole oscillazioni appena percettibili.

Pennarello era finito sotto il Letto e non era stato raccolto. Linda nel frattempo era uscita di Casa sbattendo la Porta. Sulla Stanza scese un silenzio sbigottito e inconsueto.

***

Era passato un mese da quell'esordio e il carattere di Linda era andato peggiorando in maniera davvero allarmante.

Matita era stata presa a morsi e gettata nella spazzatura: si era salvata solo grazie all'aiuto dei suoi amici di Scrivania che avevano rovesciato tutti insieme il Cestino, tirandola fuori e nascondendola dietro l'Armadio.

Ma la sorte più triste era toccata a Tazza a Pois e Piatto Blu, che erano stati frantumati l'una contro l'altro, mentre Cornice d'Ottone fu addirittura calpestata sotto i piedi e la Foto di Mario (il marito che Linda aveva lasciato da sei mesi) strappata via e fatta in mille pezzettini.

Gli altri oggetti avevano iniziato a subire a turno vessazioni di ogni tipo: Scendiletto veniva calciato nervosamente ogni mattina, una Giacca di Mario rimasta nell'Armadio ridotta a brandelli col Trinciapollo, Block Notes torturato sistematicamente con profonde e dolorose incisioni fatte abusando crudelmente di Penna Biro, per non parlare dell'Orsetto Toby che, dopo essere stato ripetutamente lanciato contro le pareti, si era scucito e aveva cominciato a perdere imbottitura da una spalla e dal popò.

La pazienza della Casa perdurò ancora per due mesi finché, dopo l'ennesimo efferato assassinio – al Puntaspilli Torquato era stata strappata la testa a unghiate – tutti decisero che era arrivato il momento di risolvere la questione, una volta per tutte. La data dell'assemblea era stata fissata a martedì 25 febbraio, ore 3.30 in punto, nello Studio.

Dal Bagno sarebbero arrivati la signorina Spazzolino col suo Dentifricio di turno, la Cucina avrebbe mandato Tovagliolo e Forchetta, mentre Sveglia e Cuscino, impossibilitati ad intervenire - per ovvi motivi - avevano incaricato una delegazione composta dai gemelli Lacci di Scarponcino e Cellulare. Dal Terrazzo erano stati convocati Molletta da Bucato e il cugino Mocio.

***

«Forza gente, andiamo... sssssttt... fate piano... fate piano, non vorrete mica svegliarla?!» I due Lacci serpeggiavano nel buio dei corridoi, chiamando a raccolta i compagni.

Gli oggetti convocati cominciarono a dirigersi verso lo studio, ordinatamente suddivisi in scaglioni che procedevano stando ben attenti a passare sui Tappeti, per attutire ogni fruscio prodotto dal movimento.

Il piccolo drappello si arrestò davanti alla Porta chiusa dello Studio.

«Ossignùr! È chiusa a Chiave! Quella stupida s'è dimenticata della riunione e sta ancora dormendo.»

Cellulare si voltò verso i compagni preoccupato: «Bisogna salire a svegliarla.»

«Ci pensiamo noi!» I gemelli si sollevarono all'unisono e con una serie di girali sinuosi si mossero verso la Porta e iniziarono a scalarne la parete fino alla Chiave.

«Sveglia Chiave! Su... sveglia dormigliona! Scattare... scattare!» le sussurrarono all'orecchio. Avevano il fiatone per l'arrampicata.

«Che c'è? Ma vi pare l'ora questa di venire a rompere... Oh passepartout! Scusate.» *Clackt*.

«Ffffff... finalmente...» sussurrò Porta aprendosi adagio.

Le delegazioni sfilarono in quasi totale silenzio fino ad arrivare ai piedi della Scrivania, dove era già in attesa impaziente la rediviva e smangiucchiata Matita, insieme a Pennarello e Taglierino. Lampada da Lettura – che tutti chiamavano confidenzialmente Lucciola – si accese e indirizzò un raggio pallido e discreto sul gruppetto di colleghi.

«Grazie a tutti, amici. Questa riunione straordinaria è stata convocata per discutere un problema della massima importanza. Credo che voi tutti sappiate cosa intendo.» Matita si guardò in giro: tutti annuivano.

A quel punto Cellulare prese la parola per fare agli altri il punto della situazione.

«Ho ascoltato l'ultima conversazione fra Linda e il suo medico. Era molto preoccupato. Le sue reazioni violente sarebbero legate ad un sentimento di rabbia ancora molto potente nei confronti di Mario. È a lui che Linda sente di addebitare il fallimento del loro matrimonio e della sua carriera di disegnatrice. Quel dolore le ha fatto perdere il lavoro, gli affetti, tutto quanto... È sola ormai, a pezzi, e per rivalsa distrugge quelli che le sono rimasti accanto: *noi.*»

«Ammazziamola.» tagliò corto – come era abituato a fare – Taglierino.

«Oh no! Io e Matita vogliamo troppo bene a Linda. Noi l'abbiamo perdonata. È in una situazione tremenda, dobbiamo aiutarla invece!» Pennarello non riusciva a credere che fosse stata avanzata una simile proposta.

«Guavda come ha vidotto il mio Dentifvicio!» rispose acidamente la signorina Spazzolino. Il tubetto le stava a fianco, sorreggendosi sbilenco e tentando malamente di sorridere. Il suo corpo era segnato da impronte di denti e mostrava le ripetute torsioni subite che avevano provocato gravi ferite, suppuranti pasta azzurra al mentolo. «Non si fevmevà, state tvanquilli! Io sono d'accovdo con Taglievino. Ammazziamola.» Spazzolino era al parossismo. Dentifricio guardò la sua amichetta con tristezza rassegnata e annuì silenziosamente.

«Ma insomma, cara, non vogliamo darle almeno un'ultima possibilità? In fondo la condizione di Linda è difficile e... e... il suo comportamento non è deliberato. Ecco.» Pennarello cercava di indirizzare la conversazione su un fronte meno drastico.

«Ha ragione - rispose Molletta - dobbiamo cercare di aiutarla, dobbiamo. In fondo siamo gli unici amici che le sono rimasti dopo la sua totale chiusura al mondo. Io non capisco come possa essere accaduto, come possa.»

«Era una ragazza cofì dolce e affettuofa e bella e fimpatica...» sospirò Mocio, arricciando le strisce tutte lise.

«Basta, basta. Ammazziamola. Se non lo facciamo, presto sarà lei ad ammazzare noi. Ci farà fuori uno dopo l'altro. Ve lo ricordate Puntaspilli? E Toby? Non riesce più neanche a trascinarsi sulle zampe per quanta imbottitura ha perso. Il suo Toby! Erano inseparabili. L'Orsacchiotto di quando era bambina. E adesso? *D'oh*! Ma avete visto come lo riempie di botte? Oggi pomeriggio gli ha fatto persino saltare un occhio. Eccolo qui, guardate!»

Uno dei due Lacci che aveva appena parlato, avvicinò con un colpetto di coda un bottoncino nero e lucido, portandolo all'attenzione dei convenuti. Tutti si ritrassero orripilati.

«Lo abbiamo pescato sotto Tappetino. Così non può funzionare.»

«Io sono d'accovdo con i Lacci e con Taglievino, ecco!» ribadì Spazzolino seguita dal suo muto compagno. Tovagliolo e Forchetta nicchiavano. Il dibattito era ben lungi da una qualsiasi decisione.

All'improvviso la Porta si spalancò. Lampadario fu acceso repentinamente e proiettò tutta la sua luce spaventata sul gruppetto di oggetti riuniti alla base della Scrivania, impietritisi all'istante. Lucciola fu presa da un inarrestabile tremolio.

Linda era lì sopra di loro, incredula e sempre più arrabbiata.

«Maledetti!» gridò prendendo a calci quelli che le si trovarono più a tiro.

Mocio e Forchetta volarono in aria. Poi la ragazza afferrò Forchetta: «Come diavolo sei finita qui? E questi?» Altro calcione sferrato a Dentifricio poi, impugnando Taglierino, si mise a stracciare Tovagliolo con veemenza inaudita.

Il tubetto le era ricaduto accanto alla Pantofola. Linda ci mise meno di un secondo a schiacciarlo con tutta la forza che aveva, sotto i piedi, saltandoci sopra più volte. Dentifricio scoppiò miseramente, schizzando il suo contenuto sul Tappeto.

Dopo quell'esplosione di violenza durata pochi minuti, la ragazza si fermò, trafelata, sorridendo. Aveva scaricato tutta la rabbia che le era montata alla vista di quelle cose inaspettatamente raccolte nel suo Studio.

«Sto impazzendo - si disse sghignazzando - Oppure è ora che cominci a tenere questo porcile di casa un poco più in ordine.»

Con uno sbadiglio sgarbato uscì dalla stanza, spegnendo l'Interruttore con una manata.

Gli oggetti giacevano sparpagliati, qualcuno era atterrato sul Pavimento, qualcun altro sul Tavolo. Dentifricio, ormai morto, era steso in mezzo alle sue stesse viscere azzurrine, sotto gli occhi disperati della povera Spazzolino, mentre i pezzi di Tovagliolo erano finiti ovunque, persino sui ripiani più alti della Libreria.

«Facciamola fuori.» ringhiò Taglierino, rizzandosi di scatto e battendo con la lama un colpo a terra.

«Sì. Dicci cosa dobbiamo fare.» risposero gli altri rivoltosi all'unisono. Matita e Pennarello si unirono a malincuore, sperando ancora di poter evitare la tragedia.

***

«Hai sentito? La uccideranno stasera!» Matita si muoveva intorno, rotolando nervosamente sulla Scrivania, ora da un lato ora dall'altro.

«La Casa ha deciso.» rispose mestamente Pennarello.

«Ma come la Casa ha deciso? Deciso cosa? Questa non è la soluzione! Non abbiamo voluto trovarla, una soluzione! Queste sono le soluzioni degli umani, non le nostre! Ci stiamo comportando come loro. Invece di aiutarla abbiamo deciso di eliminarla, ti rendi conto? Non è la nostra natura! La nostra natura è quella di aiutare. Siamo stati creati per questo. Aiutare! Io non ci sto!»

«La Casa ha deciso, mia cara Matita. Ha deciso.» Pennarello le si avvicinò piano piano e la toccò per calmarla. «Chissà, forse all'ultimo momento qualcuno dei più agguerriti si tirerà indietro e non se ne farà nulla? Ma io obbedisco alle decisioni comuni. Che altro possiamo fare?»

«Già. Che altro possiamo fare?»

Il piano era stato architettato nei minimi particolari. Sarebbe sembrato un suicidio. Lacci, Forchetta e Taglierino furono nominati come esecutori materiali.

A un segnale convenuto i Lacci si sarebbero annodati per far cadere Linda a terra, Forchetta le sarebbe saltata in faccia penetrandole in un occhio e Taglierino l'avrebbe finita, tagliandole la gola di netto.

Matita scarabocchiò nervosamente per tutto il pomeriggio, pensando e ripensando a un colpo di mano, a una possibile alternativa. Le venne in mente persino di scrivere tutto su un foglio perché Linda poi lo leggesse. Ma lei ormai era talmente "oltre" da non riuscire a capire nemmeno di esser viva, figuriamoci leggere un messaggio simile e ricordarselo.

Nelle ultime settimane viveva in completo abbandono e fingeva di non essere in casa per non rispondere al telefono e per non ricevere visite da amici e parenti. Molti di loro avevano ormai rinunciato ad andare a trovarla. Ogni volta era la stessa storia: pianti, urla, discorsi insensati e crudeli, un'infuriata disperazione che rendeva vano ogni sforzo di riconquistarne almeno un sorriso.

Diego, il suo ex, ci provò una volta sola, portando con sé un'agendina nera e sottile.

«Guarda, Linda!» le aveva detto con la sua solita aria svagata e giocherellona. «L'ho trovata pochi giorni fa dentro una cabina telefonica, ci sono tutti numeri di sacerdoti ed esorcisti, c'è pure quello di Padre Amorth, che dici, te lo chiamo?»

Per tutta risposta Linda lo aveva buttato fuori di casa, spintonandolo in modo assai poco aggraziato.

«Le stiamo facendo un favore.» mormorarono i Lacci mentre si disponevano all'attacco. Taglierino e Forchetta erano arrivati da un pezzo e mantenevano guardinghi la posizione sopra il Tavolo.

Linda diede un'occhiata all'Orologio e si alzò ciondolando per andare ad accendersi l'ennesima Sigaretta. I Lacci dei suoi Scarponcini cominciarono ad annodarsi tra loro e – come previsto – la ragazza rovinò a terra. Forchetta si gettò dal Tavolo ma invece di colpirla, si conficcò sul Tappeto e rimase dritta, vibrando.

Nel tentativo di aggrapparsi a qualcosa, Linda aveva afferrato la Fodera del Divano e l'Orsetto Toby, che si trovava lì sopra, le cadde addosso atterrando sulla sua faccia.

Fu allora che qualcosa in lei saltò via. Come un ingorgo improvvisamente rimosso.

Scoppiò a piangere. Toby la fissava con l'unico occhietto rimasto e un malloppo di bambagia che usciva dallo strappo dell'altro.

«Perdonami, Toby. Perdonatemi tutti. Aiuto... vi prego, aiutooo!» Piangeva immobile con l'orsetto in faccia, incapace di alzarsi. «Sono stanca... stanca... stanca... aiutatemi, aiutatemi voi, tutti voi.»

Toby lentamente scivolò da un lato e le si appoggiò sulla spalla, parandole la gola con il suo testone.

Dall'alto Taglierino, che era rimasto sul Tavolo a seguire la scena, si ritrasse e scomparve.

Cellulare compose il numero della mamma di Linda e tutti restarono in attesa, stringendosi in cerchio attorno a lei.

English version

You die, I survive

"Wake up, sleepyheads! Come on!" He shouted at the two boys, clapping his hands rhythmically.

Aleister jumped against the metal back of his chair. He squinted, blinking his eyes several times at the blinding light of the fluorescent lamp dangling a few inches above his head.

"What the f…" He stammered, twisting his mouth into a grimace of disgust. He finally managed to focus on the figure who had spoken. It was a man wearing a pair of worn suspenders and a pair of weird knickerbockers. The boy addressed him sharply: "Who the hell are you?"

Instinctively, he tried to lean forward but his arms – flabby and dangling along his hips – did not respond to his commands. He tried to stand up and even his legs gave no sign of reaction. "Why can't I move? What happened to me?"

Sitting opposite Aleister, on the same line of the floor, Stuart was still struggling to "unravel the fog" and was only able to mutter: "What time is it? I'm not feeling very well..." He added after drooling a bit of saliva. "And by the way, who are *you*?"

"You're finally awake, guys! – The stranger spoke again, turning around their chairs – We're running out of time and I must give you some bad news right away: *one of you is going to die*. I know, I know, it sucks, but... what are you going to do?" He pretended to shield himself, shrugging his shoulders. He raised his hands in a theatrical gesture. "Accounting issues, so to speak..."

"Excuse me?!"

"What? Is this a joke? – Aleister was already trying to free himself – Did you drug me somehow?"

"The thing is – The man spoke again without noticing the interruption – I don't want to decide all by myself. I leave you alone half an hour, so you can think about a bunch of reasons why you should be kept alive. Who will be more original and compelling wins, okay?"

"Whaaat?" Stuart reached a slight falsetto, goggling at the same time.

"Oh yes, I forgot this one: if I were you, I would not waste the next thirty minutes trying to escape! See you later, buddies!" The weird man exclaimed, wrinkling his nose and snapping his suspenders. He was clearly satisfied and excited. A second later he disappeared behind a heavy door in the far corner of the room.

"Okay, guys, nice joke! Now show yourselves, come on!" Aleister shouted. He sounded quite amused, after all.

"Who are you talking to?" Stuart asked him. His voice was broken by nervousness.

"It's clearly a joke by my college mates!"

"If this is the case, what have I got to do with it? I don't know you! We're not attending the same school, you jerk!" Stuart insulted him out of frustration.

"Screw you!"

They both kept staring at the heavy door for endless seconds, waiting. From the outside there came no noise, nor did voices or chuckles. Aleister swallowed a couple of times. His salivation was out of control.

"Oh no..." It was Stuart to break the silence first.

"What?"

"They were talking about this on the internet..."

"About what?"

"Kidnappers have been abducting two people at a time, recently. After killing one of them, they send evidence to the family of the guy who is still alive - usually an ear, a thumb, whatever – threatening to kill him too. This scares the crap out of the parents. They pay the ransom without even blinking an eye. Oh, no, it can't be happening…"

"Bullshit!"

"Didn't you listen to what he said? One of us is going to die! He drugged us… accounting issues… Oh my God, everything fits!"

"It's impossible. My parents are not that rich…" Aleister declared with conviction. He was taking a look around all over the room, twisting his neck and peeking behind his shoulders.

They were sitting on a small circular hatch. It was embossed on the floor. Stuart tried to step aside with a sudden stroke of his pelvis, but the chair did not move an inch. The tiles on the walls were white and aseptic, nearly six feet high. In the far corner, opposite the door, there was a long steel sink. The whole room was dotted with exhaust vents and drainage culverts.

"It looks like a slaughterhouse."

"Or a sort of refrigerated room."

"Are you sure?" Aleister asked Stuart, starting to embrace the scenario he had just suggested.

"I don't know. I hope so bad I will be wrong. Maybe it's really a joke."

"Or, worse than that, we ended up in a snuff movie…"

"I can't see any cameras, as a matter of fact…" Stuart objected.

They kept silent again for several seconds. The only thing that could be heard was the muffled splash of drops falling from the faucet into the sink.

"What's your name?"

"Stuart. Yours?"

"Aleister. Aleister Huskin."

Their heart beating, pounding in their very ears, would cover any other possible noise.

"I'm scared, I don't want to die – Stuart couldn't help but burst into tears – How can you find a compelling reason to not get killed? In half an hour?!"

"Do not ask *me*…"

The fluorescent light above their heads began buzzing and a second later a LED seemed to burn out, just to blink on again, intermittently.

"What are you thinking about?"

"How the hell he got to kidnap me." Replied Aleister, frowning. "I remember being at the Omega Tau initiation party, in the fraternity hall. I had just passed their entry test, by gulping beer right from the hose without catching my breath. I was driving back home. I turned on the stereo, raised the volume, and then… there's a blank spot in my memories. He must have taken me by surprise, the bastard. He was probably lying in the back seats of my car…"

"You're right! I haven't figured it out myself. The last thing I remember is that I was at Lake George with my family, taking a swim. My mom was sunbathing and my dad was fishing. After that, nothing… I'm sure I was wearing a swimsuit. Why are we wearing this white tank top, instead?"

"How can I know? It's cold in here, by the way… Eh uh, can you hear us? – Aleister asked, looking somewhere upwards – get us some clothes, you fucking pervert!"

In that very moment, the door swung open and the man who was holding them hostage came back into the room, performing a theatrical slide on the floor. He stopped between the two chairs, fiddling with his suspenders. Then he started pacing back and forth, occasionally crossing his arms. In the end, he broke the silence with a straight question: "So what, have you made up your mind?"

"Half an hour has just passed by? No way!" Aleister protested.

"Time is relative, son, just like human life…" The man replied with a wink.

"Wait, wait, please, don't do this – Stuart was begging him – I'm just a kid!"

"I already told you, boy: accounting issues! That's it…"

"If it all comes to money, ask both our families for a ransom first!"

"It's more complicated than you could ever get, son, so do not waste your breath!" He interrupted him, overwhelming his voice.

"You nasty bastard!"

"Many people call me that!" The man said, shrugging his shoulders. "Nuff said, time is running out! Tell me at least a couple of reasons, each of you, why you deserve to be spared. Come on, surprise me!"

"You can't be serious… I'm only seventeen years old. Damn it!"

"Tick tock, tick tock! You go first, Aleister – The kidnapper encouraged him after pulling a mini hourglass out of his vest pocket – One minute from now, go!"

"What? Wait, wait… Okay… I want to live because… yeah, sure, I wish I could change this lousy society and make the world a better place! I will stand for elections. People will remember me as someone who really made the difference. I'm not supposed to die now, okay? I have a lot of plans for my future! Kill *him*…"

"Well, well, well… I like you, so bluntly! Bravo! So… it's your turn, Stuart… Stuart?"

The boy was keeping his head down, in embarrassment. His mouth felt kneaded, just like when he could not find the words in front of his class mates and he would end up stuttering. He moistened his lips and, still keeping his eyes fixed on his feet, he spoke in a very low voice:

"I could not think of a single reason why you should choose me. I have no plans for my future. I don't even know what I really want to do as soon as I turn eighteen. My parents have been planning my whole life for the last fifteen years: private schools, conservatory, horse riding, golf… without ever asking me what I really wanted or if I was happy at all. What should I live for? Becoming the first violin in New York City Orchestra? Being the youngest rider to win the showjumping competition? Or even better, for the golf Master Cup? Pfff! – Stuart snorted, disgusted – none of these sounds like a compelling reason to make you save me and kill him. You better kill *me*…"

"Oh ho ho, I really was not expecting this one from you! It's even better than I thought… You definitely make it easier for me!" The man admitted, pulling out a kind of remote control with two large red buttons. They were intended to trigger the hatch opening. "So… this is it!" He announced triumphantly.

Stuart closed his eyes, waiting for him to push the button. Oddly, he was not afraid of sinking down into the hatch. Suddenly he felt the adrenaline wake up his every muscle and flood his every fiber. However, something - a kind of ethereal and impalpable force - was still immobilizing him. In the meantime, Aleister was gloating prey to euphoria, repeating to himself in a whisper: "Yes, yes, I'm safe, I'm fucking safe…"

"And the winner is…" The man recited by raising the remote control as if it was a trophy.

"Noooo!"

Stuart opened his eyes of a sudden, at hearing that inhuman scream. Aleister's chair was not there anymore. The fluorescent light was barely illuminating the side walls of a black square into the floor. The well depth could be guessed by the horrifying length of the echo. It seemed like it was not going to fade away.

"Why? Why the fuck did you do that? I told you to pick meee! –Stuart shouted, his chest jumping up and down – You bastard! He was just a kid!"

"Let's say I like classical music and hate politics." The man replied with a smile. "Now go, you're running out of time."

"Excuse me?"

"I said go! You're free, don't have me repeat it twice!"

"But…"

"Hurry! See the door? Move, before I have second thoughts…"

"What about the ransom? The money? I saw your face. How can you let me go free, knowing you're going to be arrested?"

"Oh, son, that's the last thing in the world troubling me at all, trust me! They wouldn't believe you, anyway! So what? Do I need to kick your ass to get you out of here?"

Stuart got on his feet with some difficulty. Still not well balanced, he walked to the door as fast as he could.

"As weird as it may sound, thanks…"

The moment he pushed the handle down, he was blasted by a blinding light.

Presbyterian Hospital,
New York City, NY

"V-fib, no pulse. SATS are dropping!" Nurse Anderson announced to Dr. Farming, who was on duty in the emergency room that afternoon.

"How long has it been?"

"Twenty minutes by now." She replied, focused on pressing the *Ambu* rhythmically, in order to pump oxygen into the patient's trachea.

"How long has he been underwater?" The doctor asked the boy's mother, who was standing on the ER threshold. She was tapping her mouth with her hand in full turmoil.

"I don't know… I lost sight of him just for a second! I got closer to the shoreline and called him aloud. He wouldn't answer. When I saw the bubbles come to the surface, I jumped into the lake... I blew air in his mouth, trying to make him cough. No way, he was not responsive at all... Oh God, please, save him, please, I'm begging you!"

"What about on the ambulance? Has he ever regained consciousness?"

"Paramedics said no." Was Miss Anderson's only answer.

"Let's try one last time. Push another epi and charge the paddles to 300! Clear!" Dr. Farming shouted to make sure the nurse would raise her hands up, away from the operating table. She triggered the defibrillator while keeping her eyes fixed on the monitor. The ECG line stayed flat.

"Charge to 360!"

She was staring at the display and the nurse was pouring more conductive gel on the paddles, when a weak, timid, triangular peak came out from the left corner. Another. Then another one. And so on.

"We got him back!" Dr. Farming announced proudly. "Give him dopamine and monitor oxygen values. Keep me posted every fifteen minutes!" She ordered as she was already rushing outside the room to save other lives.

The boy's mother asked Miss Anderson if she could enter and get closer to talk to him. The nurse agreed but she recommended not straining the patient too much. He needed to rest and regain strength. Then she left them alone.

"Stuart, honey, it's mom. Can you hear me? Say something…"

Stuart opened his eyes very slowly, trying to focus on the voice he had just heard. He raised his right hand to his mouth and pulled the oxygen mask aside, in order to be better heard. His voice was a bit hoarse.

"Mom…"

"Yes, sweetie, I'm right here. It's okay, don't worry, everything is going to be fine. You went underwater and you swallowed, didn't you? We're on holiday at Lake George, remember? Oh, honey, you scared the hell out of me!"

"Mom…"

"Yes, yes, I'm here, tell me!"

"God likes classical music!"

"Yeah, sure, he certainly does. You need to rest now. Why don't you close your eyes and try to sleep? I promise you'll be fine, don't bother…"

"No, mom, you don't get it!" Stuart interrupted her without helping but smile – I saw God, I talked to him! He's responsible for sending me back here. I was dead, wasn't I? How long have I been dead?"

"I don't know, honey, you're scaring me! You need to rest, please! You're here with me now, this is the only thing that matters. I'll go talk to the doctors. See you upstairs in a while, okay?" His mother pretended to smile in encouragement. Actually, she was afraid that oxygen deprivation had irrevocably undermined his son's brain functionality.

"He likes music – Stuart kept repeating, still laughing out. He was reliving the whole scene in his mind – and he wears suspenders!" His chest was bouncing up and down at every cough shot. "Son of a bitch!"

"Oh God... Doctor, doctor!" His mum screamed for help and ran outside the emergency room.

The next morning, the local newspapers would publish the news of a seventeen-year-old boy's tragic death. He was the victim of a car crash for driving under the influence of alcohol.

Paramedics who rushed to the accident scene tried CPR but, unfortunately, the young boy died during transportation to the nearest Hospital.

Stuart Acclestone became the youngest first violin in the New York Philharmonic Orchestra. Regularly, he stops by the Green Wood Cemetery to visit Aleister Huskin's grave.

Occam's razor

1. *The motive*

"We were sitting around a bonfire... all the four of us".

Brian Atwood was speaking from the witness box during the first hearing of the trial.

"We'd been hanging around on Santa Monica Beach for a while when we came up with the idea of lighting a bonfire. Far away from the pier, of course; the last thing we wanted was to be caught by the police. Zachary and I wanted to create some romantic atmosphere so that Christine and Taylor would have sex with us in the end. We thought: "why not? We light a bonfire, we drink a few beers and after that, maybe...". We picked the girls up at the pier party earlier that night, but they were being difficult, I mean bitchy, you know? They would turn us down if we tried to kiss or even hug them. Once the fire was up, we found ourselves short of things to talk about. We're definitely not the kind of guys who like talking, you know? So, when the situation was about to turn awkward, Christine suggested a sort of a game: "Each and every one of us must confess his/her darkest secret; even something we are ashamed of or we never had the nerve to tell anybody. After that, we vote for the most ridiculous, awkward secret. The second round of beer is on the one who loses. Are you in?"

We all said yes, since the girls were clearly not willing to get to the point, if you know what I mean. What else could we do? Christine confessed she had passed the driving test thanks to a huge help from the instructor. Taylor confessed she had stolen a top in some Versace shop in Sunset Boulevard. Finally, was Zachary's turn to speak: "Five years ago, as I was reaching Tijuana, Mexico, to get some good, cheap cocaine, I ran over a girl with my car. She was jogging, poor bitch, and yes, I wasn't paying attention. Cigarettes had fallen under the passenger seat and it all happened so fast, damn it! I got away, I was fucking scared. I don't even know if she is still alive or she died instantly..."

At these words, Zach burst out laughing, still gulping down his beer. The three of us froze all stunned. We got speechless. That was supposed to be a game; this was what Christine had in mind in the first place. We really could not imagine it would turn into a nightmare. We could not expect such a confession to be made.

"Are you kidding me? - Christine was the first to break the silence - you didn't even call 911?"

"There's no such thing in Mexico. I was scared and I ran away, ok? What was I supposed to do?"

Zachary was clearly drunk. He probably did not realize the consequences his words were implying. He spoke in an ironic tone: "The impact of the crash dented the bonnet, so I also had to pay damages to the car rental."

"You're a fucking murderer!" Christine shouted in his face, in full disgust. She got to her feet and took leave from the beach.

"Where the hell are you going?"

"To tell the police! You just confessed a murder in front of three people."

"What? I was joking! Come back here!" Zachary's excuse was that he was trying to impress the girls with this story. He stood up and ran after Christine. "Hey, I was making it all up! I was just trying to be a hit with you guys… Damn it, stop!"

He reached her and grabbed her arm. Christine struggled to get free and yelled to get his hands off of her. Taylor rushed to her aid and ordered Zachary to keep away from them: "Don't you dare follow us!" She shouted out in a threatening voice. I stood up too, and ran up to them. I stopped Zach with my body. He looked like he was not willing to give up: he kept begging them not to report him to the police for something he had clearly made up, something he was actually not responsible for. I took him to the parking space where he had left his bike, about a mile away from the beach. Disappearing was the most sensible thing to do after screwing up the party like that. I did not even ask him if the story was true or not. It just sounded ridiculous. I just thought he was under the influence of alcohol. After that, I went back home. I haven't seen Zachary since we said good night at the parking space. The following day, I recognized Christine's picture on TV, at 1.00 p.m. Breaking News: they were announcing she was found dead in her house in Pasadena earlier that morning at 9.00 a.m., with clear signs of choking on her neck. I called Zachary on the phone but his cell was off. They had already taken him into custody, on a charge of second degree murder. They easily reached him, given his criminal record and the history of drug deal, as soon as Taylor mentioned his name.

2. *The Defense*

Jonathan Riley, the defense, was walking back and forth in the enormous courtroom of East Los Angeles Courthouse. His arms were folded. He was waiting for the witness to bring his speech to an end. After listening to his version of what happened that tragic night, Riley unfastened the first button of his jacket and put both his hands in the suit pockets. Finally, he asked:

"Mr. Atwood, do you know Miss Christine Remington's address?"

"On the News, they said she was living in a small apartment in Pasadena, near the Tennis Club. Sorry, I can't remember it exactly." Brian replied, changing position on the witness chair. He looked not at ease at all.

"You probably also know that the coroner determined the time of death accurately enough, between 2.30 and 3.00 a.m. that same night." Riley made sure to underline the importance of this lapse of time.

"Yeah, I read the papers..." The young man nodded in response.

"Mr. Atwood, please, tell us what time it was when you saw Christine run away furiously from the bonfire place on Santa Monica Beach."

"Just before 01.30 a.m."

"So, let us say at about 1.25 a.m. you saw the victim go back to the pier party. We know that her friend, Miss Taylor Adler, the last person to see Christine alive if we don't take the murderer into account, drove her home in Pasadena at 2.10 a.m. or 2.15 a.m. at the latest. Miss Adler claims she persuaded Miss Remington to not press charges on the defendant. In the end, she talked her into letting go of the all matter. One hour after that, at the latest, the coroner says Christine was already dead. Now I'm asking you, Mr. Atwood: my client, Mr. Zachary Quilmes, could have followed the two girls on his bike completely unnoticed? Could have waited for Miss Adler to be gone and then have sneaked in the apartment to suffocate Christine, afraid that she could be reporting him to the police?"

Brian Atwood did not reply. He lowered his eyes as if he was trying to gain time.

"Do I need to remind you that you are under oath, Mr. Atw…?"

"Yes, it's possible." Brian admitted despite himself and his ten-year friendship with Zachary.

"What if I told you that at 2.52 a.m. of that night, Mr. Quilmes was standing in front of an automatic machine at twenty five miles from the murder place?" Jonathan Riley announced triumphantly, turning on a LCD TV in the middle of the courtroom. "Your Honor, the defense demands to put on record the security video from the vending machine located at 1249 Bel Air Road. My client can be clearly seen as he stands in front of it for at least five minutes, intent on getting something to drink." The defense kept speaking in a solemn voice tone, while the irrefutable footage was displayed on the monitor, showing Quilmes messing with the drink dispenser. "Mr. Atwood, is it possible to be in Pasadena at 2,30 a.m., busy killing a poor innocent girl, and find oneself in Bel Air twenty minutes later, twenty-five miles away, busy drinking beer in complete relaxation? I am not a mathematician, but my consultants assure me that the defendant should have flown, *literally* flown, speeding at 130 miles per hour, without ever braking or stopping at a traffic light or slowing down on a bend. Let us give for granted that if you have just killed someone, you do not choose the highway. We all agree on this, right? Don't you find it weird that Christine let my client in her home? He was the guy she had just had an argument with two hours before; she deemed him a murderer, a hit-and-run driver! How could she possibly have let him in? Yet Forensics has assured there are no signs of breaking on doors or windows, therefore the victim must have opened the door and let her assaulter in. Weird, huh? No trace of Quilmes' DNA was found in Pasadena apartment. I'm not taking into consideration the DNA found on the victim, since, two hours before she died, my client had wooed her, touched and hugged her. So, I'm asking you, Mr. Atwood - and I beg you to answer directly to the ladies and gentlemen of the jury - in your opinion, my client can physically be Miss Remington's killer?"

"If in that specific lapse of time he was in Bel Air, no, he cannot be the man. He can't have killed Christine." Brian said addressing the juries.

"Your Honor, I demand for the Bel Air video to be officially put on record as evidence, so that my colleagues from the Prosecution will be able to watch it and verify its reliability. I have no further questions." Concluded Jonathan Riley, pretty satisfied in his double-breasted suit.

3. *The Prosecution*

Assistant district attorney, Anthony De Vito, stood up and cleared his throat. He asked the judge the permission to approach his bench and demanded him to grant an adjournment. That video, come out from nowhere, had made prosecution "framework" fall down like a house of cards. De Vito needed time to get his ideas straight.

Zachary Quilmes had the motive. That is the raging impulse to shut the mouth of the person who could send him to jail for a lifetime - but he also had a strong alibi, apparently. De Vito already knew that his staff would not be able to find any inconsistency in the footage the defense had just provided. He did not expect to find some sort of loop sequences or superimposed images on the video. He had known Jonathan Riley since college times, so he was perfectly aware that this was his personal masterpiece, kept it for the last moment. Meaning: it was an ace up his sleeve.

Taking advantage of the adjournment, De Vito entered a room that was equipped with all the necessary pieces of technology. The L.A. Courthouse put it at lawyers' disposal in case of need. And De Vito *really* needed to watch that video.

The man, who at 2.52 a.m. was pulling off a beer from the automatic dispenser in Bel Air road, was definitely the defendant, no doubt. So, who the hell could have killed the girl? Anthony De Vito needed to make up a new prosecution strategy in less than forty-five minutes.

Yet he could not easily embrace a scenario in which Quilmes was innocent. In his opinion, this was a crystal clear case in the first place. It was going to be an easy victory, a smooth success in court. Well, yes, maybe until a few minutes ago. That video was screwing it all up now.

Christine Remington did not have enemies or jealous ex fiancés. So what? No, Anthony De Vito was positive: Zachary Quilmes was *still* his man.

What the hell! Nobody has got the gift of ubiquity! Unless…

"Your Honor, the Prosecution calls on Zachary Alejandro Quilmes to give evidence" De Vito announced in a strong voice when the hearing resumed.

The young man, dressed in a linen suit which looked too tight for his muscular body, stood up and made towards the witness chair, without betraying any emotion on his face. His blond hair was full of cheap, poor-quality gel and an uncultivated beard was the heritage of the days spent in jail.

"Mr. Quilmes, did you kill Miss Remington?"

"Objection, Your Honor! This is unacceptable!" Protested the defense Riley immediately, jumping on his chair.

"Ok, ok, sorry, I take it back…" De Vito said, following the words with an apology gesture. "I'll try my best to formulate it another way: whom did you order to kill her on your behalf?"

"Objection!" His colleague shouted again; his face had turned almost red due to his growing indignation.

"Prosecutor, this is the first and last warning. After that, I will charge you with contempt of court. Are we clear?" Judge Thompson intervened promptly, glowering at De Vito from head to toe.

"I apologize, Your Honor, it won't happen again - the assistant district attorney defended himself and continued: "Please, allow me a few questions. Mr.

Quilmes, how come were you hanging around in Bel Air residential area so late at night? I know you live in Muscle Beach, am I correct? Please, do not tell me that for a couple of beers you were willing to drive for twelve miles! But... wait a minute, Santa Monica parking place, where you left your bike, is not even on the way to Bel Air! Can you explain that?"

"How can I possibly remember that? More than three months have gone by - replied Zachary shrugging his shoulders - maybe there was another party in Bel Air or maybe I picked up some girl in the neighborhood." He concluded in an insolent tone, arching his eyebrows effectively.

"Hmm... these girls, Mr. Quilmes, they look like they have the power to drive you crazy, huh?"

"What is that supposed to mean?"

"Oh, let us see... October 2001: charge of sexual harassment brought by a female UCLA student. Does this ring any bells?

"I was found not guilty. She had made it all up."

"Hmm... sounds interesting... What about this? March 2003: charge of violence and abuse brought by Maureen Sheldon, your girlfriend at the time. Was she telling lies, too?"

"She would scratch me on my face and my back, so I fought back. Nothing else..." answered Quilmes. He was sitting on the chair in complete relaxation, as if he was at the movies instead of a courtroom.

"Objection!" Jonathan Riley jumped to his feet and protested again. "What has this got to do with the case? That's irrelevant!"

"Granted! - The Judge shouted - Attorney, I already warned you. Get to the point!"

"I am going to, Your Honor. Mr. Quilmes, how did you feel for the victim? Did you love her? Were you fond of her?"

"I felt nothing; I just wanted to have sex with her."

"You felt nothing… so, I guess you were not sorry at all hearing that a poor 22-year girl died, were you?"

"I didn't say that, don't…"

"I also guess you were not sorry at the time of the accident in Mexico, when you ran over a jogger and you left her in the throes of death on the street, huh?"

"This never happened! I made it up just to impress the g…"

"You didn't call for medical assistance or an ambulance, Mr. Quilmes, because if the girl had survived, you would be rotting in jail right now. If she ever had gotten the chance to talk and tell what happened, you would not be able to enjoy your life, your money, your freedom and the easy sex anymore! That woman was a threat to you, just the way Christine Remington was: that's why she had to die. She probably didn't want to be reasonable; she was a young woman who believed in justice and had moral principles which pushed her to do the right thing. But this would have implied for you to lose your freedom, your lifestyle and your reputation. Am I wrong, Mr. Quilmes? You like that sense of power upon women, don't you, *Zachary*? I wonder what kind of relationship you had with your mother when you were a child... I tried to ask her on the phone to come here and give evidence, but she answered that she is scared... Sorry, I really need to quote her: "*He scares the crap out of me*". Oh, maybe this one has finally got to do with our case: "911 call from Eloisia Quilmes, August 1999. She shows bruises, scratches and hematomas..."

"Fuck you, asshole, I kill you!" Zachary Quilmes shouted all of a sudden. He looked out of his mind; he jumped over the witness box and hurled himself at De Vito. The security guard who was on duty in the courtroom that morning, intervened promptly and blocked the defendant, grabbing his hands and keeping them behind his back.

Upon the judge's decision, Quilmes was handcuffed and escorted to the prison cell behind the courtroom. He kept insulting the attorney all along.

"Silence in court or I will clear the room!" Thompson was trying to keep the situation under control.

Anthony De Vito was smiling mischievously as he regained his place at the desk. He had reached his purpose: to sow the seed of doubt in every jury's mind.

4. *The sentence*

Both the attorneys addressed the court before the sentence was carried out. Each summary took about forty minutes. On the one hand, Riley insisted on the weakness of all circumstantial evidence and on the reasonable doubt that his client could have committed the murder in so a narrow lapse of time; on the other hand, De Vito stressed the clear, serious problem the defendant was suffering from - the anger management - and also insisted on the fact that Christine Remington did not have enemies nor any stalking ex-boyfriends.

Five days later, both their cell phones rang at the same time.

"The defendant rise, please. Mr. Spokesman, did you reach a verdict?" Judge Thompson asked the man sitting in the first line of the jury.

"Yes, Your Honor - replied the man, standing - We find the defendant, Zachary Quilmes… not guilty of second degree murder."

The assistant district attorney Anthony De Vito closed his eyes, holding his breath for a few seconds. Swallowing, he felt his Adam's apple heavy like a stone, at hearing such a ridiculous sentence. He roused, picked up all his papers and documents into his briefcase, and made towards the exit without telling a word his staff or exchanging looks with them or shaking their hands. All along his eleven-year career, he had always brought the guilty to justice and this was the very first time he failed. Deep down his heart, Anthony De Vito knew that Zachary Quilmes was the killer. His instincts were not failing him. They never had. His sixth sense was pushing in the same direction.

"Attorney!"

He heard someone call out to him as he was waiting for his limo, standing on the last steps of the Courthouse. De Vito turned in place. He was astonished realizing that voice was coming from a man who still had the nerve to address him. "Blessed be technology, huh? - Quilmes was being ironical while approaching - if it wasn't for that video camera, I would have ended up in jail unfairly... You thought you were going to win, didn't you? You got close, I must admit! Frankly, I can say I walked on the sharp edge of a sword. No, actually not a sword, a *razor*... oh yeah, an *Occam's razor*!" He concluded effectively, winking at De Vito. After saying so, he pointed at the journalists who were already waiting for him.

The assistant district attorney froze on the spot, following him with his gaze. What the hell was that supposed to mean? And what about the winking?

Let me get this straight: he just said Occam's razor? Oh, yes, sure, he thought to himself, recalling the methodological principle he had once read in some college books: among several possible solutions, it is reasonable to choose the simplest and the most plausible one. Further possibilities are useless if the first one is enough and fitting.

Zachary Quilmes had just delivered him a message. That was his last affront. A little sweetener for the attorney who just lost, a beanie which confirmed De Vito was right despite the defeat: yes, Zachary Quilmes was guilty. And he had just winked at the Prosecutor! If he was not the executioner, he was definitely the instigator.

Yes, not even this time Anthony de Vito's instincts failed him.

Three days later

In his office, on the top floor in the highest skyscraper of Los Angeles, the assistant district attorney was filing papers and documents regarding the Quilmes case. While clearing his desk from useless sheets, he happened to find a CD-ROM under a pile of reams. A yellow Post-it was roughly stuck on it; the handwriting was clearly the one of his personal secretary. The message said: "Security video Bel Air Road, 200% zoom".

Anthony De Vito could not say how long this CD had been lying unnoticed on his desk, hidden amidst all papers and stuff. He opened the plastic holder, pulled the CD out and inserted it into the specific tray of his personal laptop. After that, he just waited for the player to buffer. A few seconds later, the attorney was watching Zachary Quilmes arrive in front of the automatic machine, on May 19th at 2.52 a.m., as it was clearly superimposed on the monitor in the right low corner. De Vito could perfectly see the young man insert coins, raise his eyes towards the camera and finally grab the beer from the dispenser.

While waiting, he began moving his neck from side to side, in order to stretch it. In the end, he disappeared from the camera angle.

De Vito sat better on the chair and pushed the rewind command in the player: he had definitely noticed something weird. He just wanted to make sure of it. He pushed the "stop" button the very instant Quilmes was stretching his neck on the right shoulder; the attorney checked the "wide screen" box on the monitor and suddenly, he saw it.

From under the huge collar of the Quilmes' t-shirt, was popping up a sun-like tattoo, drawn on the shoulder blade muscle. De Vito felt dazed and bewildered; a pair of pulsing veins could clearly be seen on his sweating forehead. A tiny, little doubt started to make its road through his mind.

He stood up and began searching furiously in his briefcase, among the documents and papers, even in the desk drawers: he was pretty sure he had kept the mug shots of Quilmes on the morning he was taken into custody, a few hours after the murder. Quilmes was asked to turn sideways so that one of the pictures could be taken in profile.

"Here you are!" He exclaimed prey to adrenaline. His own voice made him jump in all that silence. The room was completely soundproofed.

Zachary Quilmes was arrested while he was still wearing his night pants and shirt. His neck was tanned, fully visible and exposed, without any drawing, design, stain, bruise or birthmark. A tattoo could not have disappeared out of magic between 2.52 a.m. and 11.00 a.m. that same morning.

Anthony De Vito jumped on the chair. He kept staring at an indefinite point in front of him. His arms were dangling along his hips. The mug shot of Quilmes slipped away from his fingers onto the floor, landing on the parquet.

The Occam's razor: the solution often is the simplest one.

Nobody can't be everywhere at once.

Zachary Quilmes had *a twin brother*.

A cast-iron alibi.

*19th may 2010,
2.41 a.m.*

"Hello?"

"Xander, can you hear me? This is Zach. I screwed up… I need your help!"

"Zach? You dumb ass, what the hell do you want? I told you to call me only when the 'stuff' is on its way."

"No, no, it's not about that. I need your help, bro, I did a hell of a mess this time. A fucking whore wouldn't stop crying so I squeezed her neck a little too much… Jesus, I didn't want to hurt her; I just wanted to frighten her!"

"What are you talking about? You killed *una chica*?"

"Yeah, it was not my fault, I swear! That was not my intention. I don't want to spend the rest of my life in jail, Xander, please, I need your help!"

"Where are you calling me from? Tell me you're not using your cell!"

"No, no, I just got away from Pasadena and I stopped by a pay phone on the street… You owe me one, bro, remember? I saved your ass when you killed that girl in Tijuana five years ago. I helped you with the green card…"

"What the fuck do you want me to do?" Xander interrupted his brother abruptly.

"You need to go out and make sure people will see you, in a crowded bar, for example, or a party. Make something showy or flashy, something that won't pass unnoticed. People must remember you were there at this exact time. You need to do it right now otherwise timing won't match. Hurry! Make a rude gesture at an intersection camera, or at a service station…Just make sure your face will be clearly visible, okay? Hurry, Xander! I've got a countdown going on here…"

"After this, we are even, are we clear? I'll save you ass so I won't owe you anything more. Got it?"

"Yeah, yeah, bro, sure!"

"I'll drop by to buy some beers. I just finished them. When they will question you, tell the police you were standing at the self-service dispenser in Bel Air Road. It will take me ten minutes to get there."

"Great, perfect, you're a genius, bro!"

"Fuck you, idiot! Do not call me ever again."

Xander Quilmes - Wayne Finley for USA Central Residential Register - interrupted the phone call abruptly, pushing the red button on the keyboard of the disposable cell phone he had just bought the week before. He dressed up, wearing a simple t-shirt; he grabbed a few coins from the shelf in the hall and got out of the house. He made towards the automatic machine three blocks away. Perfectly at ease, he pulled the battery off from the phone, crashed it twice with the heel of his shoe and let it drop into a manhole.

You owe me two bucks, bro, of unused credit... he thought to himself, fastening his pace.

5. Epilogue

After the case was reopened, only two months later was US coast guard able to locate Zachary Quilmes on board his yacht, miles away from the Miami harbor. Arresting him was not possible since FBI has no jurisdiction in international waters. Quilmes is being constantly watched. Police is hoping he will make a mistake or a wrong turn which could bring him back within the two hundred nautical miles. Until nowadays, he is still traveling around seas completely free, on board his boat.

Xander Quilmes/Wayne Finley's position, on the contrary, remains still unknown.

Big Brother is on my floor

It has been two months by now. I haven't been sleeping, going out, or even shaving. I'm spying, that's it. The problem is I like it. I like it a lot.

It happened one day, it was an ordinary morning. Just out of nowhere, I overheard an annoying noise, as if someone was repeatedly hitting the baseboard on our floor. So, I just went to the door to see what the hell was going on.

Today it is exactly five months I've been living in my apartment here in SoHo, New York City. On my own. I just couldn't stand living with my parents any longer. My mum is suffering from obsessive-compulsive disorder and, as a result, she was a little too apprehensive; my dad is a drunk who farts and sleeps all day long. So, when I turned twenty-nine, I decided to go looking for a one-room apartment, possibly furnished and hopefully, at a good price. I couldn't afford a rent in New York City residential area; my salary at FullTilt customer service wouldn't be enough.

Finally, I found a room in this giant 16-floor palace in Canal Street; unfortunately, this neighborhood was not highly recommended. It didn't matter: seven hundred dollars sounded to me an affordable price, especially after the ones I was offered throughout the day. In Manhattan, one-room rentals hardly stay under one thousand bucks.

Actually, I must admit that I have liked this tiny 32-square-meter space since the first time I saw it.

When the estate agent brought me to take a look at this apartment, I felt a sudden tingling at my stomach: it was not the usual gurgle when you're hungry. It was instead a feeling of pure excitement; it was adrenaline running in my veins for the thrilling sensation of starting a brand new life from that very moment.

This room definitely suited me and had to be mine. I accepted the offer; I paid a refundable two month deposit and finally settled in a dozen days later.

The first two months went off smoothly: I would come back home from work at 6.00 p.m.; stop by MacDonald's to get some burgers and fries; I would relax on my couch and watch two CSI Miami episodes in a row. Sometimes, I got so tired that I didn't even open up the bed under the couch; I just fell asleep with the remote control still in my hands, often leaving the TV on. The following morning, I would wake up finding my hands still greasy and the fries box between my neck and my shoulders.

In the beginning, living on your own is kind of exciting, since you can do whatever you like: turn the volume of the stereo up to its maximum level; walk round completely naked or masturbate in total relaxation (my mum caught me two times when I was a boy); wash dishes whenever you want, watch TV till late at night (my dad would have me pay the utility bill from time to time).

However, after the first weeks, the initial excitement fades away and routine sneaks in. Routine is boring, it's too mechanical. It makes you want to sleep and do nothing else, in the long term. Routine reminds me of that movie where Charlie Chaplin stars a worker in an assembly plant. Every evening, at the time of going back home, he would repeat in the air the same mechanical gestures he usually made during his work shift at the assembly line.

Social alienation has swallowed me up, too, a couple of months later.

My days were all alike: early in the morning, I would get up, have breakfast, dress up in a rush, run to the subway and get off at Avenue Street; then I would come up to the FullTilt building fourth floor;

sit down at my desk, wear ear cuffs and deal with customer complaints and requests. At noon and a half, I would have an hour lunch break: I would go down to the coffee shop on the first floor, have a sandwich and a cup of coffee, go out in the parking place to light a cigarette and pretend to nod in response to some colleague's questions about New York Knicks chances to reach the playoffs.

The hour would pass in a flash; I would go up again to the fourth floor, put my ear cuffs back on, and rattle off the usual common courtesy speech to customers. At 5.00 p.m., I would finally finish my shift and fly home by the subway.

This was my schedule every single day, except on Sundays, which I would spend idling in bed for the most part of the day.

One evening, once I got home, I threw myself down on the couch and rested my head on the pillow. Suddenly, I felt my right auricle aching: I still had the call center ear cuffs on me. All the way home from work, I didn't realize I hadn't pulled them off when leaving the office. So, I jumped to my feet in no time and threw them against the wall: I had become Charlie Chaplin. I had turned into a FullTilt little robot, damn it!

Alienation, globalization, consumerism had trapped me too in their twisted mechanism.

Sorry, I quit. You won't swallow me up.

The following day, I didn't go to work; I called the office on the phone pretending I was sick. I needed time to think it all out. I needed to pull myself together and take control of myself again.

I'm in charge, I'm in charge… I kept repeating in my mind.

I stayed out all day long. I didn't care if FullTilt would send an inspector to check if I was really sick. Who cares? I was going to quit that fucking job. No regrets.

I went to the mall, to the movies, to a blind date I arranged on the internet and to Madison Square Garden for a live concert.

I really enjoyed myself. I did whatever would cross my mind, regardless of time schedules to be respected or quality targets to reach mandatorily. I was free. I felt like that for the very first time in my life.

Finally, at about 7.00 p.m., I went back home; I ate some junkie food and fell asleep on the couch while Horatio Cane was still looking for the murderer. In the beginning, I did not realize that basically, under the surface, nothing had changed. Yes, it is true that I could go out and do whatever I please, enjoy myself and my freedom, but in the end, what would I do once the money was over? I quit the job, and all the money I had left was a small part of the two salaries I earned at FullTilt.

How long would this life last, with barely two thousand dollars to live?

On the sixth day, I didn't have a penny left: to fill the void I was feeling within me, I devoted myself to shopping spree and luxury dinners in high-star restaurants for five days in a row.

So, I locked myself inside the apartment and watched twelve CSI episodes non-stop, just not to face the gravity of my situation. On the seventh day, I didn't know what to do: I couldn't go out without even a single buck, and I couldn't stay home either. The house was a mess; I hadn't been doing some cleaning for weeks.

So, when I heard that weird noise coming from the floor - it sounded like someone was kicking the baseboard - I made towards the spy-hole and took a look at the outside. On my floor - the ninth - there were other five apartments, the elevator in the middle and the stairs on both sides. The noise that was intriguing me was being made by the lady from apartment number 11. She was kicking the baseboard over and over to kill time, waiting for the elevator to reach our floor.

She was about forty years old; she was wearing a pantsuit, one of a weird color purple. She looked well groomed; her hair was all gathered in a pretty *chignon* and both her wrists were dotted with a dozen bracelets. Seeing her so impatient, one would say she was going to have the date or maybe the interview of her life. Honestly, I didn't know her; I hadn't bumped into her since I came to live here. This was due to my unsociable behavior as well as to her never welcoming me.

All the faces and sighs she was doing, as the elevator climbed slowly to our floor, were pretty funny. At a certain point, the doors swung open; just before entering the cabin, she took a good look around to make sure nobody would see her. After that, she put her right hand in her pants to slip the loincloth off from inside her buttocks. Once she was finished doing so, she smiled satisfied, and vanished into the elevator.

I burst into a sound laugh after leaving my spy-hole spot. It is deeply true that you can't judge a book by its cover. My neighbor had just been the nth proof.

I was washing dishes in the kitchen sink - where a dozen flies had been dwelling by now - when I overheard the typical sound the elevator makes the very moment it arrives at the floor. So I ran to the spy-hole to take a peek again.

This time was the turn of the pensioner from flat number 14, the middle one. He was carrying a trash bag and wearing a hat on his head, almost pulled down on his eyes. A fisherman jacket would barely button up on his prominent belly. When the elevator doors opened, he raised his right leg in a statuesque pose and farted a fart which echoed all over the floor and the stairwell. I burst out into a wild laugh but I immediately shut my mouth so that he wouldn't notice my presence behind the door. The old man looked well pleased and was still smiling. Finally, he toddled into the cabin as nothing ever happened.

I couldn't believe my own eyes. Where the hell had I got to?

Still unbelieving, I got back to washing dishes but fifteen minutes later, I found myself stuck to the spyhole. *Again*.

On the floor was standing the boy from flat number 13. Apparently, he was coming back home from school, I can't say if primary or junior high school. He was short; his back was slightly curved under the weight of his bag, which was crammed full of books. He was wearing a pair of jeans, too long on the ankles by the way, and a pair of pretty rough trekking shoes. I could easily see him hesitating in front of the elevator, slowly pulling his gloves off. All of a sudden, he put a finger in his nose and stuck the bogey on the call button. After that, he rushed to his flat, pushing the ring bell furiously, and waiting for somebody to open and let him in.

I couldn't believe what I had just seen. What kind of freaking people were my neighbors? How could I possibly be the only one behaving decently? There's something I must admit despite myself: I was having fun.

An hour later was the turn of the "witch" from flat number 15: this weird old lady in her sixties had rough white hair and a deviated septum, which made her nose look more like a hook. She would never go out without a salt shaker. She would stand on the flat threshold and start haphazardly throwing salt on her doormat and the marble tiles all around.

I was not able to read her lips from behind my door, but I'm pretty sure she was pronouncing some odd, ritual prayers in order to throw negative bad energies away. After a couple of minutes, she would call for the elevator and finally disappear. Maybe she was going to some meeting of witches, or only God knows where.

The following days, I would run to the spy-hole at the least noise. One morning, there was the cleaning woman using her mop in lazy slowness all over our floor. Every now and then, she would stop and blow her nose with a tiny tissue; then she would put it in her apron again, which she was wearing tied around her waist. I felt sorry for her. She looked like someone who had just gone through a romantic setback or some love woes.

Her nemesis was the slut from flat number 16. For three months I have always caught her as she sneaked into the lawyer's flat number 12, as soon as his wife would go out to work. I was stuck to the spy-hole and kept peeking, wondering when she would sneak out.

Usually, she would show up at least forty minutes later, looking relaxed and fully satisfied, with a 32-teeth smile on her face.

My neighbors really looked like some nasty people.

In the meantime, days went by. Spying had become my daily routine, my hobby, the compensation for my existential void. I didn't even realize that, although I had fought so much to avoid involvement in society and work alienation, now I was finding myself trapped in the even more devious alienation that was starring on my floor every day.

This until the day I saw the estate agent again. Yes, the same who helped me find the flat five months ago. She walked out of the elevator, preceded by her own perfume, which slipped under my very door. She looked beautiful like five months before, still tanned and dressed to kill. Her hair was streaked and she was wearing a pair of fashion black boots and a white shirt, purposely kept half open on her chest. She was followed by two young people, a girl and a boy on their thirties, clearly engaged. They wanted to go and live together so they asked the estate agent to help them find an apartment.

"Let's see… I never remember which one it is…"

I can perfectly hear her from behind my door.

"Oh, here it is, come over, guys!" She says to the fiancés in an enthusiastic tone. I can see her pulling a couple of keys out of her pocket. She makes towards my door. *Oh Ho... What is she going to do?*

Fuck! When I hear her turning the key in the keyhole, it's already too late. I step back and shout: "What the hell do you think you're doing? This is private property, you're committing housebreaking!" Unfortunately, I am interrupted abruptly by the door opening wide.

"Excuse me?! Why do you still have my keys if I rent the room five months ago? Hello? Do you copy? This one is already rented!" I screamed in her face but she wouldn't even consider me. "God damn it! Will you answer me? Can't you see I'm right here?!"

Her only answer was the same smart speech she already rattled off five months before, in order to talk me into renting the apartment.

"It's sunny, airy, and quite habitable even if it's just a single room. It's lovely, bright, already furnished... What do you want more? At just three hundred bucks it's impossible you will find something better! So, what do you think?" She asked the two lovebirds who were devouring the flat with their eyes.

"Whaaat? You bitch, I'm right here, are you fucking kidding me? I live hereeee! Enough! I'm sick of you; get the hell out of here!" I shout in her face. I have definitely lost my nerve.

"Is it true that two months ago, the guy who was living here hung himself in the shower? This is why the owner is renting it out at this low price, huh? It's because nobody wants to lease it... Would you tell us if the house was haunted, right?" The girl asked the agent, chewing her lower lip out of nervousness.

"Do not mind newspapers and gossip! Isn't it lovely?" She is trying to veer off.

I don't want to believe it. I *can't* believe it. I try to swallow but I can't feel my Adam's apple. I yell again but they don't hear me, they *can't* hear me. They can't see me. I want to run, get out of here, and go anywhere. Just out. I rush to the door, which is still open, but on the threshold, an invisible barrier knocks me down to the floor. I stand up, I make another attempt but there's nothing I can do. I can't go out. *They* won't let me.

This flat, which, during my lifetime, was the natural habitat to my antisocial behavior and where I relegated myself away from the outside world, now has become my personal Purgatory. Since all my life I metaphorically closed the doors to people, careless of everything or everybody, now my purgative punishment was to see my neighbors live their lives through a glass, in a coercive, undignified, morbid way.

Isn't it ironic the way God has punished me?

If one day I should ever be to meet Him, I would definitely want to shake His hand.

The Ouija board

"Tyler, tell me what happened. Start from the beginning. Try to relax; let your memories go back to that day. Do not be afraid."

Doctor Stanton, a renowned forensic psychiatrist, crossed her legs glibly. She was sitting in her office in Cleveland, Ohio; she looked eager to listen to the story directly from the protagonist, the boy who was lying on the little couch in front of her.

"Five of us came up with the idea of occupying the school that night." Tyler started to speak, staring at an undefined point in the ceiling. "Earlier that day, we had arranged a protest against public instruction funding cuts, but the police kept pushing us back. At nightfall, we decided to barricade inside the school. We were lying on the main lobby couches, talking about this and that. We got terrorized when we realized the possibility of facing the night without anything to get high with. Beer was over; weed would barely be enough for a couple of hours. It was just 11 p.m.: what could we do? Sleeping? No way. I had brought some board games from home but when you are seventeen years old, there are only two things in your mind: the first one - weed - was running out earlier than expected; the second one - that is sex - was the true reason why Brian, our class representative and my best friend, had invited two cheerios to spend the night shift with us.

In about twelve hours, the high school was already a pigpen: some couches had been completely torn off; the desks turned upside down; most doors unhinged; toilets were waterlogged. We laid our sleeping bags in the north corner of the main lobby, to take advantage of an electric heater standing there. The central heating was not working, probably on a specific order of our principal.

I coughed a couple of times due to all the smoke I was inhaling and I said: "Why don't we do a séance? I saw there is a Ouija board in the tool room, down in the basement. What do you think? It could be fun..."

Honestly, I felt a little dazed by weed. I can't even recall how this idea could have possibly crossed my mind: the only thing I know is that I could not imagine the guys would take me seriously. I just threw it out to say something smart, I didn't really mean it.

There were a few seconds of silence, just the time the brain takes to embrace an idea. Then one of the guys laughed out of nervousness and finally, all their heads began nodding, quite convinced.

"Do you want to summon *Beetlejuice*? Maybe a female ghost would suit you better, given you're going to fail to score tonight, you know that?"

"Or do you want to call Casper and ask him for an autograph?"

Jeremy and Brian were making fun of me, hinting at my passion for animated cartoons, and taking for granted that the two cheerios would have sex exclusively with them. At that point, feeling a bit pissed off, I decided to challenge them for real. I raised my voice and said: "No, I want to summon some demon, hopefully a Jinn. But if you don't have the nerve, we can play Scrabble instead". I had just thrown a far too tempting bait for their egos. Brian and Jeremy could not afford the chance of acting coward in front of the girls. One of them, Cassidy, asked in a whisper: "What is a *uiya* board?"

"It's just a simple wooden, oval-shaped board: there are alphabet letters from A to Z and numbers from 0 to 9. They are screen printed along the edges. In the middle, 'yes' and 'no' are usually highlighted. Basically, you need something to help the summoned spirit with, so that he can communicate and be understood. You do this with a little pointer, called *planchette*. It looks like a big guitar plectrum. Who sits around the table during the séance, puts his fingertip gently on it, without pushing. The spirit is the one who moves it to answer the questions, using letters for the words and numbers for the dates. As long as you don't pee yourself when you see the pointer moving by itself..." I concluded effectively. My goal was to provoke them and string them along - yes, I admit, it was a heavy-handed prank but I knew no spirit would show up, you know? I would be the only one moving the *planchette*, being careful they wouldn't notice. In fact, I was supposed to direct the séance, since I was the only one experienced in a dark subject like that.

Actually, I just watched a horror movie where the Ouija board was used and I read some blog posts about it on the internet. That was just enough to have my friends hang on my every word.

"Who do you think you're talking to? - Brian was speaking. He was definitely hooked - There is nothing I am afraid of! Let's go for it, it's going be a lot of fun..."

We got down to the basement and entered the room where the gymnasium tools were usually stored. We found the Ouija board completely covered with dust, lying on a shelf. We were pretty excited when we sat down around the coffee table in the janitors' room. I invited the five of them to lay their index fingertips gently on the edges of the pointer, so I finally gave way to my show.

"Now we make the *planchette* rotate a dozen times in a counterclockwise way, in order to attract the spirit and let him understand we're trying to connect with him. At that point, we will get started. We'll bring the pointer back to the middle of the board and we'll wait for the Jinn to move it - as long as it shows himself, obviously. I need to advise you, guys, against laughing, panicking, getting hysterical or insulting him, because the demon could get nervous and, as a result, decide to cut down any possible communication. Ask a question one at a time, spelling it slowly. Last, but not least, do NOT EVER - I underlined this by making an effective pause - pull your finger off of the pointer before the séance is over and the spirit is gone on its own volition, or freed by us to go. If, unfortunately, you lose the grip on the *planchette*, you will interrupt the bond that ties and holds the demon inside the Ouija board: an opening would ensue, a window on our world no spirit would ever allow to escape."

I was laughing my ass off, within me. I could see my friends totally hanging on my every word. They looked at me wide-mouthed in disbelief, as if in no time I had become the coolest guy in the whole school.

I made the pointer roll along the board edges for a dozen times; in the end, I re-positioned it between the "yes" and "no", right in the middle. At that moment, I asked aloud, in a pretended, solemn voice tone: "Is there anyone out there?"

If I had manipulated the *planchette* in the first place, the guys wouldn't buy it and my show wouldn't last any longer, not even for a minute. To make the all scene believable, I planned to move the pointer slowly to the "yes" only after the third time I had asked the same question over and over. The problem is, there was no fucking need for it! At the second invitation I was addressing the spirit, with my nose up in the air to fully star my role, the *planchette* began moving unexpectedly on its own, almost slipping on the wood, towards the "yes".

"You're pushing it, Tyler, I can see you." Brian was accusing me of cheating. He hated being fooled, let alone in front of two girls.

"No, I swear, it's not me! I'm not moving it!

"Tyler, cut it off, it's not funny!"

"I'm telling you I didn't move it! It must be the ideomotor effect they were talking about on the internet. If you think the pointer is going to move sooner or later, you cause an unwilling movement unconsciously".

Actually, I was talking more to myself than to them. My astonishment was sincere. I was trying to find a logical explanation to this unreal situation, which was not supposed to happen.

"Hey, what's going on now?" Cassidy shouted out, interrupting me abruptly.

The *planchette* started to whirl along the board edges for a few seconds, as if it had gained a spark of life. This was a crystal clear signal: the spirit wanted us to pay him attention. He was eager to communicate.

Every one of us had his finger grabbed to the pointer not to lose the grip; it was going round and round furiously. Finally, it went back to the middle. Swallowing up twice, stunned as I was by the unexpected turn the séance had just taken, I asked in a trembling voice: "W-who are you?"

The *planchette* began moving sharply first to the A, then diagonally to the Z, again to the A and the Z. I was starting to think it was fooling us but a couple of seconds later, it whizzed on E and L.

"*Azazel*?" I asked the void, not knowing where to look. I was terrified; I was certain the all thing had gotten out of hand. It couldn't be one of the guys moving the pointer as a joke; the name the spirit had just told us was too much believable for one of my friends to make it up on the spot.

The *planchette* darted to the "yes". The only noise that could be heard, in the unreal silence inside the janitors' room, was the deaf rubbing of the wood against the wood.

"Guys, now it would be the right moment to tell me this is a joke." Sheldon was sweating. He was about to freak out.

"I'm not moving it, I told you!"

"Shut the hell up, for Christ's sake! It's moving again..."

"A→S→K".

The spirit wanted us to ask him questions. He wanted to connect with us. What the hell could we possibly ask a demon?

"Hmm... Where are you exactly?" Cassidy just found the smartest question ever in the meanders of her brain.

"A→M→I→D→S→T".

"Are you amidst us? How? Are you suspended over the table?"

"Are you touching me with your foot?" Lexie addressed Brian, who was sitting on her right side.

"No, I'm not. Why?"

"Take your dirty hand off of me, now!" She ordered him, slightly jumping on the chair.

"I'm not touching you... I swear!"

"So, who is fucking doing it? Whoever it is, stop! Now! It's not funny at all. Sheldon, is it you?

"I have my hands on the table, see?"

"Oh God, again!" She shouted, almost freaking out.

The *planchette* solved the mystery on its own will.

"N→I→C→E→P→A→N→T→I→E→S".

"Go to hell, you assholes!" Lexie's face turned flushed red. Unthinkingly, she got to her feet.

"Nooo! What the fuck have you done? I told you should have not pulled your finger off, for any reason at all!" I yelled at her, bringing my left hand to my forehead in distress. I was desperate; I knew exactly what her behavior would be responsible for.

"I don' t give a shit, I quit! Do you really think I will stay here and let you make fun of me?". She left the room slamming the door with a slap.

In the meantime, the pointer had flown in a flash to letters T and Y.

"Thank you? For what?" Cassidy asked stupidly.

The Jinn had reached his goal.

"N→O→W→U→D→I→E".

At that very moment, panic got the best of us. I still couldn't believe this was really happening, or that I really summoned a demon. I was hoping it was just a nightmare. Maybe I was asleep, completely drunk, or I passed out for inhaling too much weed. I was hoping it so bad.

"Wait, wait, let's talk! Stay here with us… please, wait! We've been respectful, do not go aw…"

"2→L→A→T→E".

The table started to vibrate by itself as if electrified. A second later, the door swung open making us jump on the chair: on the threshold, barely illuminated by the hall light, Lexie was hanging two feet from the floor as if an invisible force was holding her suspended in the air.

It was not supposed to go this way; it was meant to be just a joke, a fucking prank among fellas… Jesus Christ, I didn't want to summon a monster!"

"Calm down, Tyler, go ahead. What happened next?" Doctor Stanton asked him.

"Lexie's neck was smoking! The crackling of burning flesh could be clearly heard over her screams… oh God… I will never forget that. I didn't do it on purpose; I could not imagine a demon would come out of a damn wooden board!"

"Easy, Tyler, take it easy! Breathe, let go of the stress. Do you remember seeing anybody behind the girl? Focus, close your eyes. Try to relive that moment. I know this is hard and scary, but you're safe here, now. No one can hurt you, I promise."

"There was no man, Doctor. The police won't believe me, nobody wants to fucking believe me: neither do you. The Jinn was holding our friend up in the air and it incinerated her neck in a second. How many times shall I repeat this? It just looked like spontaneous human combustion, if you don't take into account the acceleration with witch it was occurring! Then Lexie fell onto the floor. We could clearly see her neck bone completely exposed. There was no blood;

it had coagulated instantly, just like when you cauterize a bleeding injury. It was a hell of a hole, it was disgusting! After that, I only remember Cassidy screaming; people trying to break the window to get out of there; objects and stuff flying from all over the shelves; the table turning upside down; the Ouija board fluctuating in the air as if it was alive... I couldn't see all this coming. I couldn't foresee anything like that. They all died that night because of me. He's going to come pick me up too. He won't let me go; he won't let me alone until he finds me. Doctor Stanton, please, help me! You have to believe me!

"I believe you, Tyler, do not panic. Take it easy, breathe."

Doctor Stanton was lying in order to calm him down. She was not buying the all story, obviously. She lowered her eyes on the file she was holding upon her thighs. The boy had already been diagnosed by her FBI colleague with a delusional, hallucinatory state of mind. Doctor Stanton was going to countersign it.

"Try to relax, Tyler, close your eyes. How did you get to save yourself and escape?"

"I just need to thank the internet and all the online urban legends." The boy answered promptly. "In the janitors' room, above the cupboard, there were a couple of salt packages. I opened up one of them frantically, and sewed it all over around me, on the floor, making up a continuous circle. Demons can't get over it; salt is a powerful protector and purifier. I told Brian to rush in my direction and get inside the circle, but he didn't make it... Oh God, please, forgive me! He killed them all... He killed all my friends!"

"It was not your fault, Tyler".

"After that, I called 911. The police arrived twenty minutes later. The Jinn must have left; I presumed that from the fact the policemen were staying alive. They handcuffed me thinking I was responsible for the murders. I didn't want to leave the circle for any reason in the world; I couldn't be certain that bastard was really gone. I asked the officer for a couple of pure iron-made handcuffs - iron is another element which keeps demons away - and I picked up all the salt I managed to gather from the floor. Once we got to the police station, I asked to be questioned sitting in a cell, behind iron bars. A few hours later they let me go free. The coroner confirmed the deaths were due to an abnormal, unknown combustion process, not scientifically explainable; something that certainly, a 17-year-old boy could not have committed.

The police are not buying the summoning story and won't protect me. I am scared, Doctor, I don't want to die... I have to move around with crucifixes, holy water phials, and salt in my pockets... Please! I know they made me come here for a psychiatric evaluation, but you need to write that I'm telling the truth. It's not my fault! It was supposed to be a joke; I didn't do it on purpose. I didn't want my friends to die, God strike me dead! You have to believe me, I'm not crazy!"

"Ok, ok, everything is going to be fine, Tyler. Take a long, deep breath. That's enough for today. Let's arrange for Tuesday, next week, same hour. Now I am going to prescribe something that will help you sleep better, ok?"

"It will be ineffective. I haven't been able to sleep for days... as soon as I close my eyes I can see them dying in front of me..."

"Trust me; you'll be able to sleep with this." Dr. Stanton assured him. She got up to her feet and reached her desk to write down the prescription. "I recommend you use this medicine responsibly; pour just twenty drops at the most in a glass of water, ok?" She said as she was intent on writing the appropriate dosage.

"Doctor?"

"Yes?"

"*We never sleep.*"

The psychiatrist turned in place, stunned by the boy's sudden, cavernous voice tone, but it was already too late. Tyler had grabbed her jaws with only one of his hands, squeezing her neck in an inextricable grip. Using a superhuman strength, he was holding her suspended a foot from the floor. The woman tried to call for help, but her vocal cords ended up carbonized in a few seconds. The last image this world granted Melanie Stanton's irises, was her last patient who was watching her die. His head was slightly inclined to the right, and his eyes were reduced to two ellipsoidal holes. They kept staring at his macabre, pyrotechnical show.

Tyler Hastings jumped to number four in the FBI list of most wanted criminals in the United States of America. In the following weeks, after other burned bodies were found in the near states of Indiana and Michigan, the Federal Bureau passed the case over to the Interpol, resigned to classify it as an X-file.

Ring around the rosie...

Dragan Iliescu inhaled avidly from the tiny butt between his fingertips, hoping the smoke would reach his lungs deep down to the very alveolus. Despite the sunny, 60-degree morning, he had been feeling cold since the moment he got out of his van.

He stopped in front of the enormous, Victorian-style gate, waiting. In that point, the air seemed to be different, as if suspended. A thin fog was surrounding the building along the outside wall; it would clear at first-floor level and melt away completely at the top-floor windows.

The gate had been left half open and was slightly oscillating. The hinges were squeaking, making some sort of creepy sound. For a moment, the strident noise sounded like a dragged yawn.

The burning sensation at his fingertips reminded Dragan that dilly-dallying time was over. He had to make up his mind and go inside.

He had taken the job almost by necessity: the building industry had been recently going through a pretty hard recession overall - not to mention his own firm.

Ten years earlier, he had left from Romania to seek his fortune. Eventually, he settled in Ferrara, working as a simple bricklayer before starting his own building business. In the beginning, everything seemed to go smoothly, but in the last period, taxes, delayed payments, competition and the big drop of the housing market itself, had been taking the wind out of his sails.

For all these reasons, he thanked God for this job after three months of nothing. Yet he was not completely comfortable with the idea of starting it. Somehow, he had a bad feeling about it.

After haggling ten thousand euros, on the phone with the employer, for the building demolition, the rubble cleaning and ground reclamation, Dragan was asked to go on site for an inspection the following day.

When asking for the address, the owner - an elderly farmer - hung up without notice.

How weird... Dragan thought to himself.

The young Romanian didn't know well the little town of Aguscello, in the outskirts of Ferrara, Italy. He used to live in the provincial capital and rarely would he go around for a walk in the open country.

While drinking his coffee at the Centre café, Dragan asked for information on how to get to Aguscello. The only answer from the bartender was a kind of joke which he didn't get at first.

"What are you going to do over there? Do you want to visit somebody in the asylum? You are late, dude! It has been shut down for forty years by now." The barman said in an easy-going tone.

"Actually, I have to demolish a five-floor palace, but the employer forgot to tell me the address on the phone. I don't know exactly where it is."

"There's no such palace in Aguscello, my friend. I guess you mean the ex-asylum for children. Once it belonged to the Red Cross. They abandoned it back in the 70s... definitely not a nice story!"

Dragan felt suddenly uncomfortable at hearing these words.

For a second, he actually thought of calling the farmer on the phone to reject the job offer. Not only for the lack of honesty by the old man - who, conveniently, had not mentioned the history of the building - but also because psychiatric Hospitals reminded him of the horror and desolation he had experienced in the orphanage back in Romania, where he had spent his entire childhood and his baby brother had died by meningitis.

Yet, what was he supposed to do?

He needed the money so bad. In the end, Dragan didn't have the nerve to dial the farmer's number on his cell phone.

Still frozen in front of the giant gate, he pulled the sweater zip up to his throat; he squashed the smoking butt with the heel of his safety footwear and pushed the squeaking grating with the palm of his hand.

The walkway up to the building was dotted and covered with all sorts of weeds and ferns, so high in some spots that Dragan had to pull them out with his bare hands. A three-step flight led to the arch-shaped entrance. It looked roughly cemented. *Definitely a shoddy, rushed work,* he thought to himself.

On the right, there was a breach in the wall at least five feet wide. Apparently, it was the only way one could sneak into the building. Once inside, Dragan found what must have been the Hospital courtyard: it was a devastated room, dotted all over with shards, pieces of fallen plaster and scattered debris; in the middle was rotting a little carousel for children, completely rusted and invaded by spider webs. The small seats were connected to a central coupling pin which, with the passing of time and exposure to the atmospheric agents, was dangling slightly on one side.

An asylum with a playroom?

Dragan felt a freezing shiver along his spine and a cold frisson all over his skin. He took a look around and noticed that the four walls, molded and scraped overall, seemed to be on the verge of falling down any moment. They were covered with a lot of murals and spray paintings. Dragan got closer to one of them, trying to decipher it, when a voice, come out of nowhere, made him jump.

"You must be the bricklayer."

"Hey! Yes, sorry, it's me, Iliescu. You must be the owner."

"If a roof tile falls down onto your head, do not expect me to compensate you! Forewarned is forearmed!" The old man warned him in a peremptory tone.

"Sorry, I just wanted to get a sense of the work I have to do." Dragan was trying to apologize, well aware that he had left his protective helmet inside the van.

"Follow me, I'll show you what must be done." Was the farmer's only answer.

From the courtyard, they walked carefully close to the walls until they reached the big entrance hall of the ground floor. In the far corner, there was the only accessible stairwell in the entire building.

"The stairs go up to the second floor included; after that, you need to figure something out. They have collapsed, together with the ceiling. Be careful, put one foot after the other." The old man was already climbing up, putting his own feet on the first step.

Dragan had already noticed the bad condition of the stairs, as well as the rest of the building. This didn't surprise him, given the cheap material used to build all the buildings in Italy in the last century.

Stepping slowly, not knowing whether the precarious steps would carry his weight, he went ahead of the old man, who had stopped half way; while climbing, he tore off some spider webs; got rid of a little rafter which otherwise would be a stumbling block, and eventually stopped on the first floor.

Even though a bit of sunlight was filtering from the broken shutters and the courtyard breach, Dragan couldn't see farther than his nose.

He tried to lay his foot on a tile, but he realized it could collapse under his weight anytime now. He couldn't take that chance.

"I need to go back to my van and recover my helmet". He said to the owner, still standing half way. "I want to make sure I place the explosive charges at the bottom of the bearing walls. I can't see anything from here, I have to get closer."

The old man didn't reply. He took a step back towards the wall to let Dragan pass and opened his arms in a gesture of impatience.

"Make it quick!" He spat out angrily.

The young Romanian pretended not to notice the farmer's rudeness and climbed down the few steps to reach the ground floor again. He gained the breach in the wall, being careful at the sharp potsherd and pieces of glass lying scattered all over; he recovered the helmet from the van, tested the forehead light to see if it was working, and rushed again towards the building. As soon as he put his feet on the devastated pavement of the courtyard, Dragan felt a new cold wave grabbing his stomach, as if there was a temperature range between the outside and the inside. That was the third time he felt it, even though it was a beautiful late March day and the sun was already shining.

Out of the corner of his eye, he saw the carousel moving. Sitting on one of the small seats, there was a child, ten years old or so, dressed up only in a white shirt and a pair of shorts of the same color. Dragan could swear that going to the van and coming back had only taken a couple of minutes at the most; he could also swear the boy was not there two minutes earlier.

"Hey, what you're doing here?" He asked him, a bit surprised. "Aren't you cold? Do your parents know you come and play over here?"

"*Ring around the rosie...* do you want to play with me?" The little boy said without answering, tilting his head slightly to the right.

"You can get hurt, you know that? Do you live somewhere near? Where is your mum?"

"*A pocket full of posies, ashes, ashes, we all fall down!*"

"Come here. Let's go call your parents before you…"

"Do you want to play, too? Ring around the rosie…" was still singing the child, impassive.

"I can't, I have to work. Come on, get off the carousel. The ceiling could fall down anytime, see? Give me your hand. I walk you outside." Dragan was trying to talk him into doing the right thing for his own sake, offering his own hand to earn his trust.

"Why don't you adults let us play?"

"Us? Did you bring some friends with you? Where are they?"

"We play here all the time…" Replied the boy while the carousel kept moving, squeaking disturbingly on the coupling pin.

Dragan thought the baby boy could be suffering from autism. He had tried to attract his attention, but the child wouldn't answer either questions or visual stimulation: when the young man showed his hand to convince him to get off the carousel, the boy didn't even look at it. Dragan was worried about his safety, but he was also afraid of his possible reactions: if he had picked him up into his arms, would the boy start to scream? He didn't know how to handle a child, let alone one having a disorder.

"Wait here. I'll go call the owner."

"Will you play with me a little while?"

"Yeah, I will be back in a minute. I promise."

Dragan walked again towards the entrance hall and found the farmer in the same spot, smoking a cigar and puffing out the smoke. He looked impatient and bored to death.

"There's a child in the courtyard. If he gets hurt, you will be in a hell of a trouble, you know that?"

"What the hell are you talking about? I've been standing right here since you left and nobody has sneaked in from the breach."

"I told you there's a boy in there! If you don't believe me, maybe you'll believe your eyes. Come and see, be my guest! I'm telling you because if something bad happens, the police will knock on your door, not mine!"

"I will kick his ass right away! Let me pass. Erodes was right: babies should all be killed…"

Dragan pretended not to hear the inappropriate joke and followed the old man up to the courtyard. He was determined to pick the boy up into his arms this time, no matter what, and walk him outside for his own sake. He was hoping the child wouldn't get too nervous and try to free himself because if he did, he would surely escape.

When they reached the courtyard, Dragan froze on the threshold. The little boy was gone.

"Are you nuts?" The farmer asked him.

"I promise you there was a boy here until a minute ago, playing on the carousel. Where could he possibly have got to? I didn't even ask him for his name... Hey, where are you?" The Romanian asked the void, raising his voice to be heard. He also took a look at the walkway from the breach in the wall, to see if the child had gone that way.

"Who cares!? Do not waste my time!" The owner shouted rudely at him.

"Ok, ok, I'll finish the inspection and then I'll look for him by myself. I am sure he was standing there. I'm not crazy..."

Dragan adjusted the helmet on his head and made towards the staircase again. He couldn't help but think about the child. He couldn't help but regret his hesitation to grab him in the first place, and get him safe. He was hoping so bad the child wouldn't get hurt. He didn't want to take into consideration an even worse scenario. *Poor child*, he thought to himself. *I couldn't live with myself if anything were to happen to him. Who knows? Maybe he hid himself somewhere in the building... Hopefully, he will be careful.*

Dragan easily climbed up to the first floor; walked a few steps along the bearing wall, taking advantage of the helmet light to locate the most resistant beams; finally, he reached what once upon a time was a wide wing of the psychiatric Hospital. He noticed that a five-pointed star had been roughly drawn on the cobblestone: in the middle of it, he could clearly see the ashes of some makeshift fire and also a few organic remains. He had no doubts: someone had performed a satanic ritual.

He stuck to the wall paying attention to where he was putting his feet; then he reached the hinges of what once must be a door and leaned slightly forward to take a peek. It was a little square room, completely empty except for a rusted box spring, lying in the far corner.

A creepy shiver climbed up his spine to his very neck when Dragan recalled the bartender's words back at the coffee shop: electroshock was a usually performed procedure in this specific asylum, especially on unmanageable patients.

He shook his head and sighed, trying to dismiss his childhood memories from his mind, when he was living in a Romanian orphanage with his little brother. Despite his efforts to forget, he could still remember the atrocious screams coming from the top-floor. The access to that section of the orphanage was prohibited to every child if unaccompanied.

Dragan closed his eyes for a couple of seconds. When he heard something dart past him through the window, he re-opened them just in time to see a pigeon bash into the opposite wall. Intentionally.

What the hell...?

He pronounced these words aloud but the last thing he expected to see was condensation before his mouth. He took a step back in astonishment.

It was 60 degrees when I got here. How is this even possible?

He turned in place, took the same path back and started to climb up to the second floor. On the last step, a swear word in Romanian slipped out of his lips: the ceiling had collapsed and dragged almost the entire floor down with it. To place the explosive charges, it would take a nearly six feet long jump, not to mention whether the beams would hold up the impact or eventually bear his weight, if he ever found a way to reach the third floor.

"I'm coming down, I am finished!" He shouted at the farmer, still waiting on the first floor.

"Won't you let us play anymore?" The same little boy from the carousel asked him abruptly. It looked like he had come out of nowhere. He was sitting on a beam which was dangling in space, stuck between the stairs' handrail and the opposite bearing wall.

"Hey you! How did you end up here?" Dragan asked the child, happy to find him safe and sound but at the same time, alarmed by the dangerous situation he had put himself in again.

"Won't you play with us?"

"It's too risky, I already told you. Where did you leave your friends?"

"We just want to play a little bit…"

"Come over to me, I'll walk you home to your mum. Jesus, how can I do to pick you up safely?"

"Who are you fucking talking to? Are you coming down or what?" The old man asked Dragan, sounding pretty impatient as usual.

"The child I talked you about, has climbed up here, damn it! I told you I wasn't nuts. He is sitting at least thirty feet from the ground! Do you have a ladder or something?"

"There's a stepladder in my barn, but it's not that long…"

"It will be fine. I'll use it as a lever against the wall so I will be able to reach him. Hurry, the boy could fall down any moment now."

"Damned kids… they are the last fucking problem I need right now!" The old man was muttering, while making towards the breach in the wall.

"Stay there, ok? - Dragan spoke again to the little boy, trying hard to keep his voice tone calm - how did you get to sit over there?"

"Why don't you play with us? *Ring around the rosie…*" The child was repeating the rhyme over and over, letting his legs dangling in space.

"No, no, no, don't move! Now I'm going to pick you up so we can go and play outside, ok?"

"I want to play NOW."

"Yeah, yeah, we'll play together as soon as we get down. I promise."

Dragan walked a few steps on the remaining floor, but there was a twenty-feet-wide hole in front of him: to get to the beam where the boy was sitting, he needed something to bridge the gap. Even a rope or another beam, whatever.

How long does the owner take to come back? He thought to himself, prey to frustration.

He leaned a bit forward, putting one foot on the precarious border of the flooring. However, there were still six feet to go between the beam and his fingertips.

"Don't move, do you hear me? What's your name?"

"Are you here to play with us?"

"Yes, yes, I promise, I will play with you. Is there anyone else with you? You can tell me, don't be afraid. You could get hurt, you know?"

"*A pocket full of posies, ashes, ashes, we all fall DOWN!*"

As soon as the boy was finished singing the nursery rhyme, he threw himself into the void.

"Nooo!" Dragan shouted with all his voice. He brought his hands to his face and closed his eyes for a few seconds. Then he took a deep, long breath and looked into the thirty-feet-deep hole under his feet. His heart was beating into his very ears. Among the debris and the shards, he was not able to locate the little body; the light filtering from the outside was not enough to see anything clearly. Besides, it was creating weird reflections. Suddenly, Dragan came up with an idea: he took his helmet from his head and pointed the forehead light towards the bottom. Still, there was no sign of the body.

"I said: we all fall *down*!" The boy said angrily, appearing behind Dragan's shoulders all of sudden.

The young Romanian felt a tiny, almost imperceptible electrical shock on his right hip. This made him lose his already precarious balance. Instinctively, he tried to grab himself onto something, but the beam was far too away from his reach.

He lost the grip of his left foot and fell down into the void. A second later, the freezing sensation he had been intermittently feeling throughout the morning, wrapped him in a kind of cocoon, immobilizing him. In the impact against the trash and the stones thirty feet further down, his neck got instantly broken.

The little boy, still on the second floor, took a step forward and picked the helmet up, enjoying himself casting its light upon the walls.

Bending his head slightly on his right shoulder, he morbidly watched five children, popped out of nowhere, as they grabbed the bricklayer's body by his feet and carried him deep down into the basement. They were singing the same nursery rhyme in unison. They vanished into the building bowels, as suddenly as they had appeared. When the boy overheard the typical crawling steps and troubling breathing of the old farmer, he disappeared in a flash, too, letting go of his grip on the helmet, which rolled slowly towards the hole. In the impact against the ground, the forehead light broke into thousand pieces.

"Here I am! I've got only this one..." The old man said aloud, after laying the stepladder on the nearest wall to take his breath. He raised his eyes and tried to focus on the point where he remembered the worker was standing before he left to recover the ladder.

"Hey, are you there? Do you hear me? Damn it, I don't even know his name... Hey, Romania, where are you?" He asked with his nose up in the air.

There was no answer.

"Fuck off! Don't tell me this one has stood me up too! No way! It's a bloody curse! I can't find anyone to demolish this wreck of a building!" He muttered out of frustration. He made towards the breach in the courtyard, to see if the bricklayer had returned to his van to recover whatever he might need. Sticking to the wall, he saw that the carousel in the room was moving by itself. Yet there were no draft or air flow. The old man stood on the threshold for a moment, and then his eyes focused on a spray-made writing upon the plaster.

Whoever makes the carousel spin won't be able to stop it anymore, since the children's souls will play forever and a day.

The last time he had checked the room two weeks earlier, this puzzling writing was definitely not there.

The farmer crossed over the breach in the wall and took a look at the street: the van was still parked in the same place, but there was no sign of the bricklayer. He looked again at the wrecked Hospital, shaking his head.

"Damned children..." He blurted out, walking resignedly back home.

Calandrina

The lady was always cold. Her face was pale, livid and elusive-featured. It looked powdered with heliotrope dust. This is why I nicknamed her Calandrina, like the invisible character in an Italian novella I once read at school.

She had arrived in November, along with the bad weather, the rain and boredom. I became interested in her in the first place because of the vague, indefinite, fog-like look she had. What was she doing in the apartment during her stay? What about when she got out?

Every night I would see her alone and seemingly lost in thought. She would stand for hours behind the glass of the only window that overlooked the courtyard.

Calandrina was definitely different from any other creature I had ever observed. Every night she would stand at the window for an endless time. Behind her, only pitch dark. I could guess her presence because that impossible face of hers seemed to be illuminated by her own white eyes. At some point, she would bend her head, as if she wanted to lean a bit forward; then she would bring her hands to her mouth as if she was going to pray. Instead, she would just puff air into them, in order to warm them up a little more.

Sometimes I felt like she was looking at me. She would remain that way three or four more minutes, sniffing the night. Then she would retire quietly into the silence of her room.

During the day, she would rarely go out. I could rather see her after sunset, but she would stay outside only momentarily. Every now and then someone came visit her. Each time it was someone different, any age, any class. No one, however, brought children along. They usually stayed inside the house about an hour and left in the end. Many of them looked unsettled. Their faces were stiffened. Their eyes were glossy and bloodshot, as if they had just cried. They walked away slowly. They seemed hampered by unseen forces or overwhelming burdens, hard to drag by.

Just once a woman was smiling when she closed Calandrina's door. She looked dreamy and dazed. She was young and blonde. She kept kissing the little medallion she was carrying around her neck.

***

"Who is it?"
"It's me."
"Me who?"
"..."
"What's your name?"
"Albert."
"Why are you here, Albert?"
"I don't know. I want to talk to you, I guess... Can I come in?"

Calandrina showed me a wicker chair in the middle of the room, right next to her bed. A dark, greenish atmosphere made everything hardly perceivable. It felt like I had merged, with my eyes wide open, into a murky pool of seaweed and salt water. I could hardly distinguish her profile. She was standing erect, illuminated by the flickering light of a candle on the corner table. She was the only one breathing in the room. The air was so thickened with nightmares that I could even see them whirling in filaments around her slender, clear figure. It looked like they wanted to touch Calandrina's hair with their long fangs.

She was still pointing her arm at the wicker chair. She kept staring at me, silently. Her lips had become a black, fuzzy spot.

"Sure, take a seat! How old are you?"
"I'm thirteen years old, nearly fourteen."
"Do you know why you are here?"
"I want to talk to you."
"Ok, let's talk."

She was perfectly calm, even though a thin, strident veil was interspersing the sound of her words. In a corner of her soul, she was alarmed.

"Albert, you know you should not be here, don't you?"
"N-no... I can't see why not. I have been watching you for months. You are *weird*."
"Oh yes, I know that... I am well aware of being weird." She smiled in a friendly manner. "And not just for those like you."

What a dialogue! I felt shaken like a little fish in some frying oil.

"Your place is somewhere else. I can help you, as long as you follow my instructions."

"So tell me, I'm all ears…" I made up a smile on my face, the best smile that could come to my mind.

"What were you doing before meeting me?"

Oh no… this question cut my brain open as if it was a blade. I felt pain from head to toe. I wanted to lie down on the floor, roll over, reach out, scream, scratch, yell…

She kept sitting tight. She was looking at me, warming her hands up by blowing all over them and hugging herself in her heavy sweater. I don't know what color it was. All of a sudden, she stood up and came closer to me. The air all around had taken a wooly, stifling texture.

"How did it happen?"

"I have been kidnapped."

"What do you remember?"

"He grabbed me. I was coming back home after the piano lesson. I had just left Professor Diego's house. Do you know him?"

"Yes, I see him around pretty often." Calandrina smiled and looked upward as if expecting my teacher's shape to appear on the ceiling. "He lives two blocks from here. Who kidnapped you?"

"It was a man. I don't know his name. He pulled over and asked me something about… I don't know, I don't recall anymore."

All of a sudden, I burst out into tears. No noises attached, no hiccups. The more I tried to remember, the more the darkness would choke and clutch my mind, preventing me from recalling.

After that, there was a throbbing pain in my neck. It was deep and overwhelming. I felt myself slammed against the wall by an invisible force. I collapsed on the floor like a deflated balloon, pressing my hands onto my belly. It felt like I was being hit by a row of powerful and unceasing kicks.

"Help me!"

"Do not worry. Those are your last memories. Let go of them. You are beyond, now…"

"What? I feel so bad, please, help me!"

"I am helping you, indeed. Come over to me… Why do you call me Calandrina?" She pronounced this name in a sweet, low voice, just the way a mom tells her baby some made-up fairytales. How could she know that I was calling her that? "My name is Ilvia…" She added calmly.

"Because you are so subtle and white that you look almost invisible. Like a shadow. As if you hid yourself using the powers of a magic stone. It reminds me of a novella our Professor used to read for us…"

"Albert, come over to me. Can you see this?"

Yes, I could. It was a bright, yellow sphere, with a pulsing "peanut" on the inside. She was showing it to me by lifting it over the middle of her chest. Suddenly, I felt a strong attractive power coming from it. I took a step toward her.

"Do not stop. Do not be afraid of what will happen when you touch it."

I kept walking. All the anguish, the fear and the pain flooding over me in those last moments, were taking a new direction. They were taking leave from me. That restless peanut was saying a faint, almost imperceptible "hi" to me, guiding me to a remote little spot, a colorless, yet friendly, note.

***

"Hi, Albert, your mom and dad love you very much. And so do I."

Ilvia put a bunch of daisies right next to the huge stone jar. It was already filled with white carnations.

"He was arrested yesterday. He had killed eight more children since you died. I need to go now."

She stepped back, peeping at the small watch on her wrist. Then she smiled, and her eyes focused on somewhere else. There was a rarefied atmosphere all around, with blinding rays of light every now and then. Silent birds could be heard, as they were rustling among the wet pine boughs. A sharp ear could also catch some widow's footsteps, the giggle of a faraway child and the chill of shadows, waiting behind the hedges.

"I have an appointment with your piano teacher at three o'clock. He is coming round every day by now. He wants to question the tarots, to find out if he is going to meet another girlfriend."

She shook her head slightly. Thinking about the piano teacher made her blush. He was handsome and a bit weird, though. He used to walk in a bizarre way and had a funny, unmistakable voice. "You have a... *priestly* voice!" She had told him with a smile, as he was trying to woo her in front of a coffee shop. At first, he was a bit offended; then he kept performing his innocent, clumsy witticisms, so that Ilvia ended up accepting his invitation for a cup of coffee.

"I know that he doesn't believe in these "things" at all. Sometimes he stares at me in a smugly way, as if he had to deal with a crazy woman who needs to be indulged. He is stopping by only because now he feels fine again. He doesn't know that I will be the next one. I won't tell him. He will find it by himself, tonight, when he drives back home. Tomorrow he will come again visit me, bringing me one of his favorite books as a present. On the first page, I will find a nice dedication, with which he lets me know that he is totally mine by now, unconditionally."

Ilvia's eyes whirled around as if she was already figuring out the scene.

"I will be the next and the last one."

Her smile faded away on her lips. They bent downwards in full sadness.

"I wish I could escape the inevitable. I wish I could hide behind a magic stone that could make me invisible to sorrow and pain. The worst side of my condition is being destined to suffer misfortunes well in advance. Eleven months from now, I will be losing him."

She covered her eyes with her hand, as if she wanted to hold something too ugly away from the world, something that only she could already see.

"Albert, I wish you could do me a special favor: will you come pick him up when it is his turn? I won't be able to help him just like I did with you. Please, promise me."

A second later, it started to snow. A few frost corianders began whirling around her head, as agitated by a flutter of invisible wings. Ilvia cupped her hands near her face, to warm them by blowing air right in the middle.

"I promise."

The House is in charge

"We've got to take action before it's too late."

"Yeah, I agree. It's just... what are we supposed to do?"

Marker turned in place and drew a small question mark among the scrabbles Linda used to make on papers, sheets and notes lying beside the telephone.

Pencil looked at it. It sounded inconsolable when he said: "Let's try to leave her a message."

"No, she could grow suspicious and think there is a ghost here in Da House. She could run away terrorized, leaving all of us behind. You know I love Linda and I would never do anything in the world that could frighten her. Add the conditions she's been living in in the last months."

Pencil slowly shook its tip towards the woman who was entering the room at that moment. The two objects did not move an inch. They stood motionless on the desk, quietly observing the fast movements made by Linda's big hands. Suddenly, Marker felt it was being grabbed. It held its breath and closed its eyes. It was raised up high in the air, about to be thrown far away.

Linda never behaved badly like that. At least, not until today. Marker was thrown against Russian Doll which, caught unawares, fell from the shelf, spilled open onto the floor and let drop a couple of its daughters, being still asleep.

"*Chisda mati!*"

Russian Doll furiously tried to crawl to its daughters in order to calm them down. In the crash, one of them lost a tiny stain of color on its forehead and was about to burst out into tears. Luckily, it was able to keep silent. Its mom began caressing it fondly by swinging slightly.

Marker had sneaked under the bed so it was not picked up. In the meantime, Linda went out of Da House. The door slammed behind her. On the room descended a stunned, unusual silence.

***

A month had gone by since this episode. Linda's temper had been getting worse in an alarming way.

Pencil had been bitten and tossed into the trash. It was rescued by its desk friends which, all together, made Wastebasket fall on the floor. Finally, they managed to pull Pencil out of it. As a precaution, they hid it behind the wardrobe.

The saddest fate was in store for Mug and Dish: they were broken the one against the other, while Frame was destroyed under Linda's feet and Picture of Mario (the husband Linda had left six months before) was torn apart into thousand pieces.

Other objects had gone through all sort of violence: Bedside Rug was being nervously kicked every single morning, Mario's Jacket, which had been forgotten in the closet, was torn apart into pieces by using Poultry Scissors; Block Notes was systematically tortured with deep and painful incisions, made by using Ballpoint Pen; not to mention Toby Teddy Bear which, after being repeatedly thrown against the wall, had gone through some rips and started to lose stuffing from one of its shoulders and its butt.

House's patience lasted two more months until the umpteenth cruel murder: Pincushion had its head torn off by Linda's nails. After that, all the objects made a joint decision: it was time to resolve the situation once and for all. The date of their official meeting was settled on Tuesday, February the 25th, at 3, 30 a.m. The better place to meet and talk unnoticed would be the study.

From the bathroom would be arriving Toothbrush along with its Toothpaste. The kitchen would send Napkin and Fork, while Alarm Clock and Pillow, unable to take part in the meeting for obvious reasons, would delegate the twin Shoelaces and Cellular. From the patio would be asked to attend Clothes Pin and its cousin Mop.

***

"Come on, guys… ssshhh… take it easy, keep quiet! Won't you wake her up?!"

Shoelaces were snaking along the dark hall, gathering their companions together.

The objects which were asked to attend the meeting, started to walk towards the study; they had been tidily divided into groups and now they were being careful at passing onto the tapestry, in order to smoothen every noise their movements would make.

The small "army" stopped in front of the study's door. Unexpectedly, they found it closed.

"Oh God! It's closed! Key must have forgotten about the meeting; maybe it is still asleep."

Cellular turned to its companions. It looked worried.

"We have to go up to the keyhole and wake it up."

"We got this!" the twin Shoelaces said. They jumped onto the jamb and began climbing twistingly towards the Key.

"Key!? Wake up! Come on, sleepyhead, wake up!" They whispered in its ear. They still were suffering from shortness of breath due to the climbing.

"What is it? Is this the appropriate time to come break my b... Ops, sorry! I forgot about this!" *Clack*!

The door opened and all the objects walked in almost quietly until they reached the desk, where Pencil, still pretty bitten but at least restored to life, and Pen and Paper Cutter were waiting impatiently.

Lamp - everybody used to confidentially call her Firefly - came on and addressed a pale ray of light upon the small group of friends.

"Thank you everybody, fella! This extraordinary meeting has been called so that we could discuss a highest priority situation. I guess you all know what I'm talking about."

Pencil took a good look all around: everyone was nodding affirmatively.

At that point, Cellular spoke to get to the point of the matter.

"I heard over the last phone call between Linda and his doctor. He sounded quite worried. Her violent reactions may be related to a still powerful feeling of anger towards Mario. She blames him for their marriage failure as well as her drawing career disappointment. This pain she's been suffering from made her lose her job, her nearest and dearest, everything! She is alone by now, damaged and broken; as a result, she destroys all the things she has around herself, as compensation: that is... *us*."

"Let's kill her!" suggested Paper Cutter right away.

"Oh, God, no! Pencil and I love Linda so very much! We have already forgiven her. She is in a terrible condition; we have to help her out!" Marker could not believe that such a proposal had just been made.

"Look how she reduced my Toothpaste!" Replied Toothbrush acidly. Toothpaste was on its right side, barely standing and hardly trying to smile. Its body was marked by Linda's teeth prints and was showing the repeated twists it had been going through because of her angry outbursts. These last ones had caused serious injuries, until some blue menthol paste began popping out. "She won't stop, I can bet! I agree with Cutter, let's kill her off!". Toothbrush was talking nonsense. Toothpaste looked at its friend with a resigned look on its face and finally, despite itself, nodded in agreement.

"Well, dear, why don't we give her one last chance? In fact, Linda's condition is hard and...we must admit that her behavior is not intentional." Pen was trying to address conversation towards a less drastic tone.

"It's right - Clothes Pin was speaking - we have to help her. We must do that, it's our moral duty. Basically, we are the only friends she has left, after her total closure to the outside world. On the other hand, I don't understand how this could have possibly happened." It concluded sadly.

"She was a girl so sweet and caring and pretty and nice..." Mop sighed once, curling its completely torn strings.

"That's enough! I say, let's kill her. If we don't do it, sooner or later she will kill *us*. She will sweep us away one after the other. Have you already forgotten about Pincushion? What about Toby? It can't even crawl due to all the padding he's been losing. It was *her dear* Toby! They were inseparable. It has been her teddy bear since she was a child. Now what? Did you see how many punches she's been giving it? This afternoon she has torn off one of its eyes! Here it is, take a look."

One of the two Shoelaces which had just talked brought to the audience's attention a small, black and bright button. Everybody took a step back, horrified.

"We have recovered it from under the tapestry. We can't go on this way. This has got to stop once and for all."

"I agree with Shoelaces and Cutter, so be it!" repeated Toothbrush, followed by its speechless companion.

Napkin and Fork were silent. Debate was far from any decision whatsoever.

Suddenly, the door swung open. The chandelier was switched on in no time, projecting all its light upon the small group of united objects at the bottom of the desk. They all instantly froze. Lamp got prey to an unstoppable trembling.

Linda was there upon them, unbelieving and even angrier than usual.

"Damn you all!" She shouted out loud, kicking the objects that were closer to her feet.

Mop and Fork flew off in the air. Then the girl grabbed Fork with her right hand: "How could you possibly be over here? And what about these ones?". Another big kick was given to Toothbrush; after that, grabbing Paper Cutter, she began tearing Napkin apart with an incredible vehemence.

Toothpaste fell down next to her Slipper. Linda took a second to crash it with all her might, jumping over it several times. Toothpaste blew out miserably, shooting its contents onto the tapestry.

After this explosion of violence, which lasted a few minutes, the girl stopped, exhausted and short of breath, and smiled. She had pulled out all the anger she felt at the sight of all the things being haphazardly gathered in her study.

"I'm nuts - she said to herself laughing out loud - Maybe it's time I keep this wreck of a house a little more cleaned up."

Yawning rudely, she left the room, turning the switch off with a slap.

The objects were lying scattered all over; some of them had landed onto the floor, someone else on the Table. Toothpaste, dead by now, was lying among its own bluish guts. Poor Toothbrush looked desperate. Pieces of Napkin were everywhere, also on the highest library shelves.

"Let's get rid of her." Cutter was growling. All of a sudden, it stood upright and slammed a hit with its blade on the floor.

"Yeah, let's do it! Tell us what we have to do." Some of the rebellious ones replied in unison. Pencil and Marker agreed despite themselves, hoping they would be able somehow to avoid the tragedy.

***

"Did you hear what they said? They're going to kill her tonight!"

Pencil was moving back and forth, rolling nervously upon the desk, from one side to the other.

"Da House has made up its mind." Marker answered sadly.

"What is that supposed to mean? This is not the solution! We didn't really want to find one! These are solutions humans apply, us... we don't! We are behaving just like them. Instead of helping her out, we've decided to kill her. Do you realize the gravity of what I'm saying? This is not like us, this is not our nature. We are meant and supposed to help her. We've been created for that. To help! I'm not into this, I quit."

"Da house is in charge, my dear Pencil. It's in charge."

Marker slowly got closer to Pencil and touched it to calm it down.

"Who knows? Maybe at the very last moment, someone of the angriest ones will step back so nothing will happen. I'm sorry to admit that I must adapt to our community decisions. What else could we do?"

"Yeah. What else can we do?"

The plan was arranged in the least details.

It would look like a suicide. Shoelaces, Fork and Cutter were appointed official executioners.

At an agreed signal, Shoelaces will be tying each other in order to make Linda fall down onto the floor; Fork will then be jumping on her face to stab her in one of her eyes, and Cutter will be finishing her, cutting her throat clean off.

Pencil scribbled off nervously all afternoon long, thinking over and over of a possible alternative. It came up with the idea of writing a message on a sheet so that Linda could read what was in store for her. Would she believe her eyes? Or would she think of some ghost or some kind of creepy joke?

She would probably toss the note into the trash without even stopping to read what was written on it. In the last few weeks, she had been living - better, surviving - in complete neglect. She would pretend not to be home just to avoid answering the phone or to not have visitors, especially her relatives or friends. Many of them had given up by now to go and visit her. Every time they stopped by, she started to cry, yell or talk nonsense. Every attempt to distract her or hopefully make her smile, turned to be helpless or ended up frustrated.

Her ex-boyfriend, Diego, tried one time, bringing with him a small, black thin diary.

"Look, Linda - he told her in his funny way of speaking - I found it inside a pay phone a few days ago. On the inside, you can find every priest and exorcist number: there is even Father Amorth's one! What do you think? Shall I call him?"

The girl's only answer was to throw him out of the House, pushing and kicking him in the ass.

"We're doing her a favor." Shoelaces murmured once they were ready to attack. Cutter and Fork had arrived for a while and they were holding position carefully on the table.

Linda took a look at the clock and stood up. She was swinging a little when she tried to light a cigarette. Shoelaces started to tie each other so she fell down on the floor. Fork launched itself from the table but, instead of hitting Linda, it got stuck onto the tapestry and stood upright, vibrating.

In the attempt of holding onto something, Linda grabbed the cover of the sofa; Teddy Bear Toby, which was lying over there, fell down upon her face.

That was the moment when her psychological cork was suddenly uncapped.

She burst out into tears. Toby was staring at her with the only eye it had left. A bunch of wood was still popping out from its other eye hole.

"Forgive me, Toby. Forgive me, all of you guys. Please, help me, please..." Linda was still lying motionless on the floor, with the Teddy Bear on her face, incapable of standing up. "I am tired, I am sick, sick of all this! Please, help me! You guys help me out..."

Toby slipped slowly on one side and leaned against her shoulder, in order to defend her throat with its big head.

From the upside, Cutter, which was still on the table following the scene, took a step back and disappeared.

Cellular dialed the number of Linda's mother. In the meantime, each and every one of them drew close to their girl, waiting.

Nota bibliografica

Elvio Bongorino è l'autore di:

Calandrina
La Casa ha deciso

Elvio Bongorino è uno pseudonimo. L'autrice è alla sua prima esperienza di pubblicazione.

Germano Dalcielo ha scritto:

Mors tua vita mea
Il rasoio di Occam
Non aprite quella porta
Aguscello
Pianerottolo dantesco

Germano Dalcielo è nato a La Spezia il 14 novembre 1979. A 13 anni ha scritto il suo primo racconto giallo partecipando a un concorso scolastico. Nel 1998 si è diplomato al liceo classico e ha frequentato la facoltà di Lingue e Letterature Straniere di Pisa. Dal 2007 si dedica a tempo pieno alla sua passione per la scrittura: nel 2008 è uscito "Il gene dell'azzardo" – che a ottobre 2012 è stato ripubblicato da Leucotea Edizioni con il nuovo titolo "Il Giocatore: il virus dell'azzardo" – nel 2010 "**Il Segreto di Gesù**", poi ripubblicato nel 2012 col titolo "**Il Peccatore (Il discepolo ombra)**", e nel 2011 la raccolta di racconti "**Lettere dal buio**".

È contattabile su Facebook, Twitter o sul suo blog http://www.germanodalcielo.blogspot.it.

Made in the USA
Lexington, KY
08 January 2017